一尺红尘

张殿珍 著

中国海洋大学出版社
·青岛·

图书在版编目（ＣＩＰ）数据

一尺红尘 / 张殿珍著. -- 青岛 : 中国海洋大学出版社, 2019.6
ISBN 978-7-5670-2399-4

Ⅰ.①一… Ⅱ.①张… Ⅲ.①诗集－中国－当代
Ⅳ.①I227

中国版本图书馆CIP数据核字(2019)第208120号

出版发行　中国海洋大学出版社
社　　址　青岛市香港东路23号　　邮政编码　266071
出 版 人　杨立敏
网　　址　http://pub.ouc.edu.cn
电子信箱　2654799093@qq.com
订购电话　0532-82032573 （传真）
责任编辑　郭　利
电　　话　0532-85901092
装帧设计　祝玉华
照　　排　光合时代
印　　制　日照日报印务中心
版　　次　2019年10月第1版
印　　次　2019年10月第1次印刷
成品尺寸　148mm×210mm
印　　张　9
印　　数　1~1000
字　　数　143千
定　　价　48.00元

发现印装质量问题，请致电18663037500，由印刷厂负责调换。

一个人有着无限可能，也具有无限的能量。张殿珍女士在衡水市一家企业工作，肩负着家庭的重担，虽收入微薄，仍不改初心，矢志于文学创作，不驰于空想、不骛于虚声，业余时间读书写作，写诗、写散文，也写歌词，很多作品在各类征文比赛和文学评比中获奖，成绩令人欣喜，其不畏艰难、热爱生活的态度，更令人佩服。

由此我想，人生就是一路跋山涉水、风餐露宿，一影碎念、一场风花，就如浅吟低唱的行板，承载了多少苦楚与辛酸。有时叶子轻扬飞舞，悠然从容；有时水流婉转，一步三叹；有时激越如《大风歌》，昂扬奋发；有时婉约如《声声慢》，优雅感伤；有时就像一幅朦胧的水墨画，朴实恬静，更多的时候是一首"咏叹调"，在漫长的似水流年里，到处都是苍桑的痕迹。

文友张殿珍女士出本诗集，约写序，欣然应允。她催得紧，我的工作一时很忙，只好利用春节读之写之。本书名为《一尺红尘》，分为四辑："独揽月色入怀""枕着相思入眠""爱在竹林深处""情醉沐浴心海"。她写爱情、亲情、友情，也写自然风情；写灵魂的背后，也写生活的当下；重要的是写人间的真情，有小我也有大我，犹如"零度以下"的"一盏灯"，既温暖自己，也照亮了前程。可以说，张殿珍的诗歌，是在讲一个故事，或者描述一幅画面，开启一段情感的历程，以一种至真、至情的理念呼出了内心的真实情感。其语调优美婉转，隽永深长；语言形象凝练含蓄，意蕴丰富，能造就言已尽而意无穷之感。

人到中年，生活的真相水落石出。如今细细想来，艰苦的旅程道路上，风险与机遇并存，欢乐与苦楚相伴。似乎就是当年龄的增长不再令人感到愉悦，身体所经受的磨难，总会以肉眼看得见的方式呈现，而内心的伤痕则是一件难以愈合又无法洞悉的事。在烟火俗世里的漂泊，心灵历经风浪的斑驳，有过历练，有了沉淀，看遍了云卷云舒，也不再迷茫、浅薄了。而诗歌应有召唤的作用，诗人应有的情怀，让张殿珍笔耕不辍，在诗歌的国度里抒发情感，阐述心志，时而诉说现在，时而追怀以前，时而歌咏时代的亮色，仿佛自己就是那个与众不同的吟唱者。

闻一多在《文学的历史动向》中说："诗这东西的长处就在于它有无限度的弹性，变得出无穷的花样，装得进无限的内容。"也就是说，每首渗透作者情感的诗歌中，皆有独特的意境之美。从深沉地呐喊，到真诚地思索，她不喜欢拿腔拿调，也不喜欢虚情假意，那种情深缱绻，缠绵悱恻，以抒情的方式定格了"闭上眼睛伴随的梦境"的形象，如同"一枚落叶的渴盼"，在风雨中盘旋着，吟咏着。她的诗歌节奏忽高忽低，忽缓忽急，见"水中有月，月映水中"，时而低婉哀怨，时而悲痛悔恨，看"浪花涌动，心亦怡然"。张殿珍的诗歌具备了古典诗词的意境之美，也掌握了现代诗歌的自由之境，是技巧的成熟，更是对诗歌的通灵悟性。

在诗人泛滥、诗歌车载斗量的年代，张殿珍仍然认为诗歌"你是我生命的恩赐""注定我头顶的光环是你精心培育",让诗性的才华翻腾,让诗意栖居于心,让诗情的磁场充满了张力。幸运的是,张殿珍有来自骨髓里的那份慧根,也有流淌在血液中的天赋,在两者合二为一之后,浅浅凭借经验的积累和"一人世界别具匠心"成就出了一首首"牛郎织女演奏琴瑟和鸣"。今日"遥想天涯近如咫尺"的明月,来日就是"明媚的天空为什么骤然阴霾",何如"携一缕温暖,展澄净心灵"积少成多,汇聚成新的诗篇,"独揽月色入君怀"。

一尺红尘有相思,万般诗情浸笔端。诗人是用吟唱来对抗现实的无奈与嘈杂,让孤寂的心灵"褪去寒冷,温暖心灵"。张殿珍的诗没有太多深奥的哲理,却不失清雅;没有太多赚人眼泪的娇气,却不失空灵;没有喊天喊地的欲望,却不失温度。她说:在红尘喧嚣中选择诗意栖居,"落叶是痴情的蝴蝶""我们相约,在诗歌的春天里踏青"。我以为,有如此诗性气韵的人,其诗心足以见斑斓,其诗作自然是无需多言的"温柔中的灿烂"。

人生之路记录了多少悲欢与离合,不管多么贫瘠的土壤,都有诗人播种的诗歌,都有诗人的浅吟低唱,春天依旧会来,山花依旧烂漫。

诗歌没有末日,诗人的行走永远不会孤独。

董培升

2019年2月11日

目录
Contents

第一辑
独揽月色
入君怀

独揽月色入君怀 002

叶子的浅吟低唱 004

青皮苹果 006

恩赐 007

倚红尘岁月 008

蝴蝶心结 009

一枚落叶的渴盼 010

伤 011

风的诺言 012

短诗四首 013

落叶是痴情的蝴蝶 014

我学会了坚强 016

错过 018

时光的栅栏 019

幸福 021

告别爱 023

我想 024

伤感 025

芙蓉落尽丁香结 027

丰满的羽翼 029

我不想 030

父爱浸透心底 031

雨夜静思 033

目睹落叶，潸然泪下 035

你是我生命的恩赐 037

一盏灯 039

暖流 040

冬日的温馨 041

褪去寒冷，温暖心灵 042

绿叶映衬的红花 043

春雨 044

云和风 045

春雪 046

硕果累累在金秋 047

一棵松树 049

点燃一盏灯 050

水中有月，月映水中 051

浪花涌动，心亦怡然 052

第二辑
七夕夜，
枕着相思入眠

心系西柏坡 054

写给"酒瓶周"先生 056

七夕夜，枕着相思入眠 057

中秋，品味飞翔 059

七步沟，爱你在心 061

中国，我永远的追随 064

生命的春天 067

春天的邀约 069

春天也有凋零的树叶（组诗） 073

置身草原 075

有一棵树 076

大海的力量 078

清明踏青在圆梦园 080

我们相约，在诗歌的春天里踏青 082

端午遐想 084

七夕夜，多少相思多少泪 086

中秋相思 089

童年 091

我拥有你——中国梦 093

城市的守护者 096

腊八粥 098

绥阳，我诗的摇篮 100

为中国梦放歌 102

诗路春语 104

陶瓷的语言 106

抗战胜利的沉思 108

孝河长长孝湖清 110

北戴河，梦圆之地 112

注定我头顶的光环是你精心培育 114

三十年同学聚会有感 116

致2016"五百文人庙会行"（组诗） 118

光阴的跳蚤 125

生如夏花 127

我是一枚核雕 129

天河山遇雨 132

转经轮 134

白鹿泉 136

激情元旦 138

海边思语（组诗） 140

致第六届衡水湖诗歌节（组诗） 144

节振国颂 149

灵岩寺的清明 151

春天 生活 读书 153

艾草的自白 157

霍山的东淠河 159

固县 填满我的思念 161

为环卫工人点赞 163

童年的那一抹灿烂 165

你一直在我心中 166

一种鞭策 168

走在十一月 169

雄鹰 171

孩子 不要怕 173

七夕情思 175

第三辑

爱在竹林深处

我的泪水，你的温度 178

今生有缘 179

不要问我为什么 181

心灵的颤抖 183

因为有你，世界才格外明朗 185

原来你住在我心底 187

相思雨季 189

雪夜的思念 191

你来了，春天就来了 193

遇见远方 195

雨的心事 197

一尺红尘 199

若落红无情 201

让年轮写满从容 203

如若初见 205

旁白 207

再出发 209

风起的时候 210

彼岸花开 212

爱在竹林深处 214

你可愿做我的翅膀 215

等待 217

今夜，让我静静地想你 219

倚红尘岁月 221

初恋 222

我是水　你是苗 224

温柔中的灿烂 226

携一缕温暖，展澄净心灵 228

并蒂莲 230

暗香拂来，温馨伴我 231

岁月如歌，相忆一生 233

听海 234

第四辑
情醉沐浴心海

你是我最爱的人 238

思念一个人是如此的痛 240

爱你没商量 242

你眼中的我 244

丫头和丑娃 246

饮水思源 247

水和鱼 249

情醉沐浴心海 251

轻舟波澜 253

共赏明月话心扉 254

凝望你的双眸 256

情深深　意绵绵 258

心系感恩 260

爱之真，情之切 262

有爱的日子真好 264

是谁 265

世界因你而美丽 266

写给爱人的诗 267

那一刻，我哭了 269

红尘中，你我相伴 270

一人世界别具匠心 272

明媚的天空为什么骤然阴霾 274

一尺
红尘

第一辑

独揽月色入君怀

独揽月色入君怀

独自徘徊在
乡间小路上
沉浸于皎洁的月光里
脸上浮现惬意的微笑
饱含柔情的目光骤然明亮

远方的你
可否也在注目月光
只因为月色中
有我的渴盼　你的思念

忙忙碌碌中你可曾听到
灵魂颤抖的声音
牵挂你的心
始终悬浮着　不敢落地

还记得我们
牵手走过的小径吗
芳草萋萋　垂柳含情

肩并肩携手走出
镌刻着爱的足迹

风风雨雨一起走过
沟沟坎坎一起分担
相互扶持分享快乐
相互鼓励走向明媚
蓦然回首
我们拥有一片蔚蓝的天空

与月光窃窃私语
柔柔的话语诉说
满怀的思恋和爱慕
只盼君心似我心
揽一玫瑰入胸怀

叶子的浅吟低唱

独处枝头很久很久

走过风雨交加的岁月

望着斑斓的世界

总想拥有自己的那一份嫣红

天空的阴霾打碎了我的梦想

喧嚣的红尘延伸着梦的脚步

却在转身的瞬间

你给予我清凉的甘露

和着你的诗情

流淌我的快乐

寻着你的踪迹

描绘我的感恩

我不知道能否

在你的世界停留

却已然发现　我已启程

漫步在温馨里滋养自己

望望空中飞翔的大雁
虽有点愚笨但很执着
我的心随大雁飘向遥远
你手中的线始终把我牵挂

风在耳畔响起
诉说着你的叮咛
雨潇潇落下
满载你的渴盼

没有尘埃的附身
没有寒冷的侵袭
独享这份静谧的安逸
该是怎样的幸福

是否听到我心灵的独唱
是否感受到真诚的呼唤
在最佳的位置上
就这么欣赏你慰藉我

青皮苹果

并非因为容颜稚嫩

就失去追求

我渴望成熟

渴望雨露的滋润

渴望阳光的抚慰

狂舞在你的世界

心积攒着乐曲的优美

从而快乐成长

弥漫绯红染双颊

那种感觉溢满心头

恩赐

夜已深　尘埃已落地
我的心绪已插上羽翅
飞向那个梦幻的奇迹
诉说我荷花般的心思
窗外响起了阵阵雷声
是你将我的头脑洗涤
恍惚中浮现你的身影
微笑着纠正我的言词
我成长在阳光的抚慰下
沐浴恩泽享尽你的魅力
我开始在此处心怡痴迷
不断渴求源于你的知识
忧郁不再凝结心里
快乐时常萦绕心底
耳畔响起乐曲的悠扬
眸中映出风景的绮丽
于是我对世界的精彩格外着迷
所以
我的情感焕发得淋漓尽致

倚红尘岁月

我倚在红尘岁月的缝隙间
回味着逝去的深情
错过的流水满含我的幽怨
熨平一路的坎坷曲折
洗礼繁华　淡去喧嚣
揉搓四季的皱纹

前世今生漂泊不定的我
在墨香溢满杯盏的季节
找到了心仪已久的你
于是你我携手创造了人间的奇迹

幸福的种子在心灵深处蔓延
感恩雨露滋润干涸的心田
照亮我记忆的溪流
把光环缠绕在今生的邂逅中
独享醉我心扉的欢畅

蝴蝶心结

在遥望中静等你的归期
尽情徜徉在彼此的小溪
月光下书写关于你的诗词
露珠溶解花瓣上蝴蝶的痕迹
在渴求中等待你的归期
不惜穿越于心间的樊篱
灯光下囤积关于你的往昔
记忆吞噬花瓣上蝴蝶的伤疾
在憧憬中翘首你的归期
芳香萦绕在头顶的天际
阳光下晾晒关于你的潮湿
雪花融化花瓣上蝴蝶的质疑
整理行装来吧，我深爱的你
生活定会是斑斓的画板贺礼
遥想天涯近如咫尺
梳理思绪来吧，我深爱的你
爱情终究是绚丽的良药一剂
追求真爱钟情唯一

一枚落叶的渴盼

一枚落叶悄然落下
没有伤悲和怨恨
却依稀看到眉宇展开

还没有领略世间的全过程
怎么舍得和同伴分离
奔向润湿的土地
是因为思念的燃烧吗
还是因为心灵的渴盼
让你对生命有了新的诠释

伤

小雨淅沥沥
是谁的泪在流
又是谁的情融合在雨中
发出低低的哭泣声
碰撞着我的泪腺
远处悲戚的乐曲
把我带到边缘的囹圄

我要星星
你从不摘月亮
我要温存
从不见你粗鲁
我的泪水簌簌落下
你怎么舍得我难过

我的一个眼神
先前你是深领其意
我的一句话语
昔日你是渗入心底
我寻找不到生活的蔚蓝
你怎么舍得我难过

风的诺言

在灵魂的花瓣无处飘零时

为了抚慰我受伤的疤痕

你从极远处　我没料到的地方

提前叩开生命的心扉

捧起那颗脆弱的心

充盈即将空洞的我

不是邂逅　而是践行冥冥中的承诺

越过世俗　让潇潇细雨滋润

掠过悸动的胸膛

命运的航轮

开始驶向心的港湾

忧郁的双眸看到蔚蓝的天空

送我一个灿烂的春天

掀起灵魂深处的波涛汹涌

绯红的脸颊植满青春的馥郁

写满清纯　写满斑斓

在微风吹拂下

许我一世的容颜

以及麦穗所有的誓言

短诗四首

中秋月
月儿圆圆，思念圆圆
月儿腹中思念浓
思念怀中月皎洁

盼团圆
月儿含泪凝视远方
定格在遥远的一黑点
山哽咽　水咆哮

团圆
月光的身躯晶莹剔透
且不断放大又复原
是在渴望海峡两岸的团圆吗

月圆时，人更圆
被喧嚣分离的情侣
在等待月圆的一刻
那是泪水重合的喜极而泣

落叶是痴情的蝴蝶

我远远地望着你
远远地欣赏你　恋着你
对你与日俱增的情愫
你可有心灵感应

轻柔的风儿捎来了你的问候
潇潇春雨润湿我干涸的心田
知道这是你的回应
我兴奋地挥舞着、摇曳着
浅吟低唱搅拌着狂跳的心

欣赏着你的笑
吮吸着你的雨露
丰腴着我的体魄
靓丽着眼前的世界
成熟淡然的焦黄灼热你的双眸
你也曾无限靠近我
却有万重障碍阻挡着你
我执着于心中的愿望
经受了栉风沐雨的考验

依然怀揣属于你我的时光
依然畅想未来的舒适
青春的脚步便在此时停留
敞开心灵的窗口吸收阳光

等你姗姗来迟的拥抱
无论多久　我无怨无悔
对你的那一份掷地有声的情感
义无反顾地瞄准有你的方向

我是深秋的落叶
处处留下我骄傲的理由
你奔跑着　我微笑着
你说苦难是试金石

我是痴情的蝴蝶
我的爱　深沉笃实
我的情　瓜熟蒂落
抚摸岁月亲吻的累累斑痕

我是痴情的蝴蝶
翅膀闪动着柔情
飞舞在你的胸膛
由心灵指引追逐爱的温床
我说挚爱染红双颊

我学会了坚强

经历了风风雨雨的癫狂
深知寂寞和世态炎凉
痛到极处便学会了坚强
忧愁滑落枕边独自心伤

趟过了沟沟坎坎的考验
体会幸福和心花怒放
悲到极点就汇集成海洋
泪水顺着腮边肆意流淌

如果有人搀扶倒下的我
我不会否认热忱的太阳
如果有人抹去眼中彷徨
我怎会对未来失去渴望

如果有人唤醒月下的我
我不会否认含情的月亮
如果有人替我把困难扛
我怎会过早地学会坚强

柔和贯穿我的生命，该是多么飘逸安详
欢喜日新月异的变化，学会了坚强
爱情融入我的生命，该是怎样四射光芒
陶醉色彩斑斓的美景，学会了坚强

错过

因为在人群中我们相视一笑
便诠释缘分的无奈和无解
无法联系到你是谁的安排
错过你错过缘分

我虔诚祈祷那个秋日常驻心怀
一年又一年的秋风袭来时
你一次又一次地说想我
我便沉浸在幸福中
回想着我们说过的同一个梦

这个梦已然在我心底的最深处
生根、发芽
你若还记着这句话
我们就在梦中
微笑地拥抱
互祝前程似锦
一生安康

时光的栅栏

时光的栅栏
总是若隐若现
出现在你我之间

气氛紧张时
时光的栅栏便适时地出现
在不远不近的地方
温柔地注视着你和我
距离拆散了你我的争吵
直到暖阳再次抚慰你我
时光的栅栏便微笑地离开

你我并肩而立，远远看见
时光的栅栏鼓励赞赏的目光
无拘无束的你我
尽情地享受着天人合一的快乐
在对方的眼里看到最好的自己
在对方的心里找到最好的自己

感谢时光栅栏在正确的时间里

把你我作为永恒赐予彼此

我是你爱的驿站

你是我爱的港湾

从此在互助互补的氛围下

完成此生最壮举的事业

携手看夕阳

把天边的彩虹渲染

幸福

每当眼前浮现一张张熟悉的面孔

我总是激动不已，感慨万千

或笑容可掬，谈笑风生，给人以喜悦

或坦然自若，诙谐幽默，给人以深沉

由真诚串起彼此的理解

在不断的交往过程中领略心灵

豁然开朗的感觉，赏心悦目的怡然

感受夜以继日风雨兼程磨难后的欢欣

心中便策划一幅美妙绝伦的画卷

成就无法比拟的亮丽的风景的展开

遥望中，真善美在瞬间定格

在激起涟漪的波纹上

印刻因爱留下的痕迹

那是我们不悔的经历

一路牵手走来，阳光雨露相伴随

生命因守候而美丽，因守候而久远

否极泰来的愉悦代替一筹莫展的忧伤

成为茶余饭后的主题

之后洒下真实的，感激的泪水
因为园丁浇灌了干枯的心田
长出嫩嫩的小芽
微笑着迎接风雨的考验
慢慢地，茁壮地成长
让炯炯有神的目光绚烂一方水土

告别爱

夕阳西下，天边的彩虹映满半边天

鸟儿在枝头悠闲快乐地歌唱

轻盈的碎步吱吱作响

我的心绪也在地下扎根，毫不迟疑地

目光清澈如水般，笑容挂在脸颊

轻轻走到你面前，静静地凝望着你

读懂你的眼睛，读不懂你的心

将你拥入怀中，梳理被风吹散的头发

时间仿佛停止在这一刻，空气窒息

等待裁决的最终生效，虽然流露不舍

你的一声短促的叹息，化解了疑难

我心知肚明，爱已离我远去

虽然在默默无语中，天籁的寂静掷地有声

挥挥手，不留下一丝云彩

前方的路还很长

绵绵岁月，悠悠情思

斩断最痛的，最难以割舍的

在对彼此的祝福中，毅然决然地

我想

我想把一枚春天的嫩芽

嫁接给你的手指

我想把清晨雏鸟的啼鸣

移植给你的嗓音

我想把蓝天下舒卷的白云

压进你倾诉之后

暂时空虚的心灵

我想把花瓣上晶莹的露珠

滴入你因为烦忧

使血脉产生的一个涡流

我想，但不意味着我能

我相信，正是人们彼此的关怀之情

让人类得到这世界的容忍

伤感

刺骨的寒风吹过，不禁打了个寒颤
裹紧棉衣，抬头望望行色匆匆的人群
原以为随遇而安，稳操胜券，平衡心情
却被一道道利剑所伤
丝丝缕缕的忧伤带着泪痕
遍体鳞伤的我只顾向前逃窜
忽略了两旁的风景
人们投来关切的目光
怜惜的表情，心酸的感慨

路旁树上枯黄的叶子
在不断的希冀中牺牲自己
想象来年的生机一片
如伞般给人们挡去慰藉
雨的来临让风停止了咆哮
虽柔柔的却格外清新

灰尘被掩盖在它的胸下
乖巧地顺从着

暂时梳理自己的思绪

让紧张的心情得到缓解

心胸的开拓，梦幻的游离

沉浸在爱的感伤里

绵绵细雨浇湿乏味的部位，慢慢灵活起来

往事如烟，留下残渣引起锥心的疼痛

遥想沧桑，深切怀念，蓦然回首

在心的上空依旧燃烧着爱的火焰

感觉自己身心的疲惫，心灵的震颤

将记忆的喧嚣，抹得一尘不染

踏尽所有的角落，擦干所有的忧伤和惆怅

感受深层的温暖，品味百感交集的人生

芙蓉落尽丁香结

春风和煦，沐浴金色的阳光
由内而外散发的清纯，迷人且鲜明
浓郁的馨香灌溉枯竭的心田
泛起一道道红晕，率真且浪漫
生成的信念引得无数英雄竞折腰
让空灵的思绪绿遍脚下的路

捕捉思想中闪现的火花
编织灵魂深处的精华
传递着给予和付出后的收获
凝重端庄的情结孕育激情
简洁朴素的愿望弹落灰尘
息息相通焕发彼此的吸引
返璞归真诱惑相互的憧憬
递过点点感激弥漫上空
取回暖暖温存怀揣胸间
滴落晶莹剔透的回忆

点缀千丝万缕的情丝

留住遍体的酣畅淋漓
环绕刻骨铭心的完美
扬起自强不息的春旗
满足心灵疲乏时需要的栖息地
荡起波澜坠满心的湖底
挽留自身能量的挥发
把甘甜细细咀嚼，品味
把芳香撒落前行的小径
忧愁如风卷残云般倒退
幻化成一杯深情醇厚的佳酿
穿越时空抵达默契，永相随
在尽情享受中绽放生命色彩
归于寂静迎来久违的典雅

丰满的羽翼

我像燕儿一样随风飞到你的怀里

仰望你射来的炯炯目光

沉迷在你坦露的氛围

心里充满感激铺设你丰裕的诚挚

心的狂跳

如两条溪流融合在一起

喷涌而出的是你的热情

我的浪漫

雪一般晶莹剔透

霜一般冰清玉洁

在你我心间沸腾

过滤杂质

达到高密度的精华

汇聚耀眼的光束闪烁永恒

我不想

我不想让曾经的骄傲卸载
只想在花丛中绽放
我不想让曾经的快乐流失
只想在泥沼中奋进
我不想让曾经的瞬间模糊
只想在记忆中保存
我不想让曾经的永恒涂抹
只想在岁月中铸成

我不想让曾经的痛苦困扰一生
只想在爱恋中淡忘
我不想让曾经的失落扰乱思绪
只想在坚忍中崛起
我不想让曾经的欺骗占据大脑
只想在宽恕中谅解
我不想让曾经的寂寞环绕周身
只想在理解中觉醒

父爱浸透心底

谨以此首诗歌祝愿我生病的父亲早日康复

我翱翔在洋溢着父爱的天空

洒下一路的欢笑伴我走过沟沟坎坎

在失意中有父亲给我镇定从容

让我轻而易举跨越痛苦的门槛

在得意时有父亲给我鞭策激励

让我满含感恩理解快乐的蕴涵

父爱在心中流淌着浸透心底的甘泉

父爱在心中傲然屹立成巍峨的高峰

有父亲在春光明媚下灿烂如花的微笑

有父亲在烈日炎炎下挥汗如雨的身影

有父亲在金桂飘香下收获如林的丰硕

有父亲在白雪皑皑下身着如霜的晶莹

我的悲伤在父亲的谆谆教导下

幻化成喜悦遍布周身

我的欢喜在父亲的笑逐颜开下

演绎成雀跃映入眼帘

父亲的平凡如一盏明灯
指引照亮我前行的道路
父亲的伟大如万卷经典
潜移默化我追求的信念

雨夜静思

静谧的夜窗外雨声清脆悦耳
富有鲜明的节奏感
我前世今生的唯一你听到了吗
那是我对你深沉的思念
还有欲说还休的肺腑之言
都化作了雨声　掺杂在其间

听窗外的雨声　端详着你的笑脸
刚毅中融进了柔和的元素　感觉贴切自然
凝视着你的双眸　朴实中写满生命的绿色
常青的绿色植满记忆的小径　滴落经典
永恒的信念照彻前行的征程　铸就锦绣
双手捧着你的双颊　窥探你心中的迷茫
繁华落尽　青春一如你那激情的岁月的沉淀
慢慢过滤　见证获取诗意人生的潇洒和延展

雨　依然淅淅沥沥　相思跃然纸上
远方工作的你可知我思你的情怀
每每夜深人静之时　对渴望的寻求如滴滴雨点

润湿我已干涸的心的沼泽地　逐渐转为绿洲的生机勃勃
你笑靥可掬　那优雅的心境　留在我的记忆最深处
时常翻阅让浮躁的心平静下来　领悟你的壮美

雨　终于停了　鸟儿的鸣唱震响　黎明的来临
洋洋洒洒　积聚我一夜的爱和怨
点点思绪铺满通向理想的旅途　流溢欢欣
我是如此的念你　你的梦中有我吗
梦中的我　是否如燕儿飞扑你的怀抱
紧紧相拥　闪动着伶俐的双眸　顽皮的微笑
在你的支持鼓舞下　共沐爱河　迈向遥远

目睹落叶，潸然泪下

你的一生不离不弃
常伴在红花左右
即使她艳丽或者枯萎
你都不因此而孤芳自赏或萎靡不振
而是一如既往以你的柔情
欣赏着她的优点和缺点
笑意在你的心间起舞　引起涟漪阵阵

春天　你盼望着她的萌芽
爱怜地看着一个一个的进步
每一个点点进步你都报以欣慰的微笑
你说继续努力　我和你有信心走向辉煌

夏天　你期待着她含苞待放的花蕾
满怀希冀着一片一片花瓣的绽放
每一片绽放的花瓣你都深情地拥抱
你说要镇定　我和你的生活正走向灿烂

秋天　你怜惜着她饱满的花朵

痛彻心扉地看着一瓣一瓣的枯萎坠落

每一次花瓣的坠落你都含泪去亲吻

你说别伤心　我会和你一起步入黄土

他看着红花一瓣一瓣被黄土深埋

泪水涟涟　泣不成声　纵身落下

落在红花的身旁任狂风吹起黄土将自己掩埋

用真情写就　一生一世的爱情

目睹落叶　我潸然泪下

充满温馨的柔情的他

来生是繁华的延续

还是寂寞梧桐　深院锁清秋

你是我生命的恩赐

我按照命运的旨意
在迂回曲折的路途中与你相识
你掌心热烈的温暖流光溢彩
你伟岸的身躯昭示你的壮美

你是我生命的恩赐
好想躺在你的臂弯里
忘记一切烦恼和恐惧
尽情地舒展快乐

深吸一口馨香　吐露一团晦气
让心的海洋在你无边的抚慰下
自信地扬帆起航　因为有一座山
可以为我接纳岩石和泥沙
接受电闪雷鸣和狂风骤雨的洗礼
巍峨屹立于繁华的红尘中
演绎成我心中坚不可摧的护身符

于是充满感激的我
点燃一分灿烂　洒落一地柔情

书写一腔热忱　拥有一瓣心香

在你我的空隙间

存一缕芬芳色彩斑斓

让思绪飘舞　让岁月静美

让关爱永恒　让情感澄清靓丽

因为这个世界　有你

我生命的恩赐

一盏灯

黑暗向我袭来
在我的周围肆意地蔓延
心儿也如冰窟一般冰凉
泪水不争气地溢出

轻柔的风拂过我的脸颊
眼前骤然一亮
是你——我心中的灯
心中的冰块慢慢消融
双眸渐渐有了光芒
随之相伴而来的是轻松的心情

因为有你　斑斓我的生命
因为有你　点缀我的心胸
因为有你的宽容
光亮伴随我一生
也照亮我所有曲折坎坷的梦境
放射无悔的灿烂
顿生嫣红一片
情未了　心儿亮如灯

暖流

四目相遇的偶然瞬间
发现你双眸深藏的奥秘
温情的话语闪动辉煌
磁性的声音泛起涟漪
链接你意志的超然卓绝
融化了我冰封的心田
我只有不断地丰满羽翼
才能与你并肩漫步
洒一路洁白的花瓣

你捧着我的希望
将我的愁绪揉碎
点点笑靥填满爱的词牌
成就我浩淼的长梦
放飞一股暖流　从此
我的季节里有了你的温度
你的世界里有了我的烂漫

冬日的温馨

风雨兼程中
我在寻找心底的伞
痛苦一层一层褪去
柔情却愈加浓厚
小心翼翼地被裹起来
缱绻成晶莹的珍珠
散落在身边
照亮孤寂的心灵

思念你的唇渴望你的目光
潭水清澈透明
陪我领略风景的靓丽
洒下一路驼铃声
忧郁的神情
梳妆成明媚的星光点点
缀满枝繁叶茂的大树
聆听大地深沉的呼唤
接受天籁抚摸的博爱

褪去寒冷，温暖心灵

黑暗中　仰望满天的星斗

苦苦寻觅　那一束为我闪烁的光芒

依稀感觉到　有一种迫切的召唤

于是　梳理心情　拂去心尘

翘首期盼归来的佳音

怎奈　却成夜色中的盲点

一阵微风拂过　凉爽吹走幽怨

看到了　你的灿烂的笑容

在我心海融会

交织你的豪迈　我的感恩

双眸盈满晶莹　飘落阵阵芳香

凝视温馨　一块巨垒轰然坍塌

涓涓清泉流遍周身

照亮我　如丝如缕的情愫

铺就前进路途的平坦

在你我心间　营造淡定从容

让爱填满空间　放飞生命的美丽

揉醒心的冬眠

我知道　你就是

我寻找的那颗星

绿叶映衬的红花

冬天　我在积聚力量

晶莹的雪　刺骨的寒风

蒙蒙中　给我亲切的呼唤

我期待着　守望着

春天　阳光给我分外的温暖

雨水的滋润　心情的舒畅

长出嫩芽　长出绿叶

此时　我的双眸一片葱茏

在植满绿色的世界

不惧电闪雷鸣　狂风骤雨

欣然孕育　一朵艳丽的红花

目光炯炯　心驰神往

洒落嫣红　存放斑斓

喜迎　每一个绚烂的明天

春雨

忍受了一冬的寒冷
积蓄了一季的热情
走遍坎坷　走出阴影
寻找柔和　踏碎坚冰
挑战了自我的极限
迎接阳光的抚慰
聆听新绿的召唤

带着温馨烂漫的气息
春萌上了嫩绿
绯红染遍含羞的笑脸
绵绵的相思飘飘洒洒
便无休止地诉说
洗去疲惫　延续着欢快
相思融入大地
紧紧相拥　深情亲吻

云和风

湛蓝的天空下
我悠闲地飘逸着
变幻着各种色彩
完成心中的纯美

你是一缕轻柔的风
吹走我的痛苦
解开我的心结
轻抚我内心的酸楚

我和太阳近在咫尺
却难以攀岩
你温情地吹拂
拥着我　不断升腾

看到了世间的辉煌
品尝了人间的美味
遥看紫气东升
还我澄清剔透的心境

春雪

春雪带着刻骨的依恋
把泪水凝成花瓣
洒向挚爱的大地
滴滴渗入心田
纯净而透明

心海那束花随意洒脱
随微风不断疏散抑郁
渴望阳光的照耀
让爱的憧憬升华
手捧飘然而落的碎片
小心翼翼融入记忆中

轻轻地抚摸着你
用尽我所有的柔情
凝聚温馨和欢畅
淡去曾经的伤害
融化冰冻的巨雕
在浮躁和喧嚣中
倾听荒漠的声音
默默地祈祷
在耳边镶嵌幸福

硕果累累在金秋

目光炯炯直视着前方
驰骋理想　憧憬未来
思念也尾随而来形影不离
纯洁也如最初散发的芳香
两旁的树枝繁叶茂
园中的花姹紫嫣红
绿色的叶光亮柔滑

沐浴在阳光下
舒展着生命的魅力
各色的花鲜活灵气
洗涤在雨露中
洋溢着人生的精彩

只想以一片叶的思维
寻找另一片叶
组合拆散的形体
只愿以一朵花的情感
觅到另一朵花
完善心中的纯美

有叶的存在就有花的绽放
坚强与傲气并存
喜悦盈满花的面颊
成就渴求的硕果累累
在丹桂飘香的时节
凝结的每一个希望熟透落地

一棵松树

偶然的一次机遇

在荒野上

一棵松树傲然屹立

阳光折射的光芒灼人眼目

惊叹于他的卓然超群

任凭风雨洗礼

感慨于岁月留下的点点印痕

沟沟壑壑是你不屈的写照

历经百年磨难而傲骨犹存

靓丽的风景写满双眸

全新的自我一览无余

淋漓尽致的展现

你情意绵绵和钢铁般的意志

为世间种一分情

让真爱洒满人间

点燃一盏灯

仰望天空　　思绪飞扬
在岁月流淌中
你将我心中的灯拨亮
让思念的翅膀翱翔

忆当年
你风流倜傥
为我痴情的双眸间
写满快乐的诗章

而如今
你的柔情依然在我心中荡漾
灿烂脸庞

俯视大地苍茫
情感亦和年轮渐长
你用爱恋的情愫
点燃我的情愫
像烟花般绽放

水中有月，月映水中

仰望月的靓丽风景
涌出燃烧的激情
把冰凉的世界捂热
胸中溢满柔和温顺
也把坚定的信念融入
雕刻纯洁晶莹的印章

月皎洁的清辉平铺在水中
水的涟漪泛起波浪
和月一起嬉戏玩耍
微笑和歌声在耳畔回荡
倾心的相诉　悉心的聆听
浪花在翻滚　欣喜在扩宽

将忧愁忘怀　将美好驻留
伤痕慢慢愈合　痕迹尽失
曼妙的时光　细细品尝
天地之间　融会贯通
轻轻一吻彰显纯粹的爱恋
水中有月的光芒　月映水中成永恒

浪花涌动，心亦怡然

远方吹来轻柔的微风
心海的波涛感知亲情的互动
涌动晶莹欢快的浪花
由远及近向灵魂深处袭来
在呼吸中闭目品尝甜蜜的滋味

澄清曼妙的世间
浮现一个清晰孤傲的我
醉眼朦胧中目光更笃定
咬嚼得疼痛的思念——坠落

因为机缘　因为明珠的璀璨
更有忘情的相依灵犀的碰撞
将我的激情和畅想
演绎成源源不断的高昂的旋律
沁人心脾　流连忘返

第二辑

七夕夜，枕着相思入眠

心系西柏坡

走在西柏坡的路上

探寻一段足迹

揭开一个秘密

那一座座平凡的院落

那一盘盘普通的石磨

无不昭示着岁月留下的烙痕

聆听着你的声音

因你的成就而感慨的心

也粘上了前所未有的激昂

荡涤心灵的污垢

拨动心弦尽享感恩

唤醒沉睡的灵魂

深深埋进你的胸膛

缅怀你当年的英姿

半个世纪的沧桑和风雨

练就你运筹帷幄的大智慧

一幅幅珍贵的照片

一张张漆皮脱落的桌椅

是你日理万机艰苦奋斗的见证
用你西柏坡的精神
创造了一个又一个的奇迹

将所有的爱倾注于你
纵情绘下东方红日喷薄的画面
诞生了博大胸怀的两个务必
成为规划蓝图的主题
保持着鱼水情谊
奏响前行的乐章
生命中永恒的焦点光芒四射
虔诚的敬意向远方延伸
心系西柏坡
铸就了新中国的复兴
从此踏上辉煌的里程

写给"酒瓶周"先生

走进酒瓶周斑斓的景致

如同畅游在文化的广场

汉赋　唐诗　宋词　元曲独树一帜

名山　大川　鸟语　花香各领风骚

历史典故　民俗风情集于一身

那是智慧与执着的结晶

汗水下写就的荣誉

怎能不让人流连　享尽这分快乐

冉冉檀香透过心绪的萌动

独处一隅追求　刻画着人生的轨迹

酒瓶无尽的震撼力

让人们认知真善美

在欣赏中不断进步

提升对美的元素的渴求

珍惜每一处感恩

凝固成琥珀植于心底的记忆

永不褪色　永含蓬勃

扎根那瞬间的感动

定格镌刻在红笺上

目睹酒器文化收藏界

翘楚的风姿

七夕夜，枕着相思入眠

你是我采撷的一柔枝
诗意地点缀我寂寞的心湖
泛起阵阵涟漪铺满湖面
欢唱着优雅的歌声

你是我遥望的一雄鹰
有力地震撼我孤寂的魂魄
吹散点点尘埃圣洁心灵
打开了冰封的记忆

你是我渴盼的一月亮
潇洒地凝视我黯淡的双眸
甩掉丝丝哀怨晶莹梦想
泄密了我浓郁的相思

你是我金黄的一原野
璀璨地盈满我干枯的细胞
融入缕缕阳光滋润血液
跳动着我流淌的欢欣

唤着你的小名
独享着怡然的微笑
金风玉露一相逢
胜却人间无数聚合

牛郎织女鹊桥相会时
我枕着相思入眠

中秋，品味飞翔

往昔的平凡与曼妙

在皎洁的明月微笑下

映衬得愈加清新澄澈

如涓涓泉水演奏者

一曲悠扬婉转的轻音乐

软化我僵硬的愁思

一种渴望越来越浓

一种渴盼弥足珍贵

一种柔情百转千回

一种相思缠绵悱恻

一种思绪穿过云霄

一种信息你我与共

你我拥有心灵感应

不然怎会同时在异地彼此遥望

通过明月传递浓郁的情感浸透

喷涌而出的热浪

夹杂着苦涩的咸

惊醒麻醉的心扉
品味着甘甜酸楚

疲倦的思绪栖息在怀抱
浓郁的相思溢出明月
珍惜呵护今生的情缘
心连心进行一次心灵的对话
难以掩饰久别重逢后的喜悦
厚重的魂魄滋生洁白的羽翅
在这团圆的日子里
遁入柔情中陶醉于身心
理想与梦一起振翅高飞

七步沟，爱你在心

阳光温暖地抚慰着身体
踏进七步沟的刹那
眼前骤然一亮
怪石嶙峋，层叠尽染
以独具的个性夺我心扉

走进七步沟
高山让我仰止
走进七步沟
湖水向我微笑
走进七步沟
小花小草向我问好
走进七步沟
我扑进了情侣峰的怀抱

依偎在你高山的胸怀
怜惜你如水的柔情
品味你七步莲花的哲思
咀嚼你英俊威武的魂魄

你美丽的容颜吸引着我

你摄人的灵性震撼了我

好想潜进你的怀里做个美梦

享受人生最浪漫的瞬间

迷上了你的神奇瑰丽

恋上了你的钟灵毓秀

你有颠倒众生的魄力

我独享梦溪湾里情爱悠悠

我笃信缘分的锁定

不然怎么会一眼就爱上你

你大气磅礴　温文尔雅

让我有拥你入怀的冲动

你有山的巍峨

你有水的柔情

你有花的诱惑

你有诗的痴情

嗅着你的芳香寻觅源头

傲骨深藏在你婉约的深沉里

你的一草一木吸引着我

我融入你的身躯你的心中

当我和你相约七步沟
爱已在悄悄发芽
浓郁的绿色缠绕你我
生命的辉煌延伸至遥远

置身于如画的仙境
心儿便驰骋于苍茫
我便永远地追随你的足迹
我心灵的守候便拉开序幕

中国，我永远的追随

国旗

你高耸的雄姿　飘扬的火红

宣告着你挺直的脊梁

浪漫情怀里注满坚忍和追求

抬头深情地望着你

你眸中的风景芬芳靓丽

你的头颅高傲地昂着

接纳一切正直　傲视一切侵略

国旗升起来了

升到万物瞩目的高度

升起世人惊叹的目光

有排山倒海的气质在起伏

亦有雷霆万钧的力量在激荡

山站起来了　水活起来了

神州的风采屹立于世界之巅

国歌

每一个音节凝聚着东方民族的骨气

每一个音符都能够滋生咆哮的力量

每一个音律爆发出东方雄狮的最强音

你从金黄的季节走来

沉甸甸的丰收将你压得

意气奋发　心潮澎湃沸腾

脉搏的跳动彰显你有力的臂膀

扶持弱小　鞭策强健

驾驭着追求之舟

载满你心的呼唤

向着理想的彼岸航行

国徽

你是一个圆圆的句号

宣告苦难历史的终结

宣告幸福生活的开始

你又是一颗砝码

将耻辱压下

将尊严升起

伴随我走过一个个骤升骤降的低沉

寂寞的日子里也有阳光的味道

国旗　国歌　国徽

构成中国全部的灵魂

总有一种喜悦荡漾起伏

礼炮轰响　点燃民族的觉醒

诗笺上写满骄傲的篇章

中国　高山一样的气势磅礴

大海一样的汹涌澎湃

青松一样的高大苍翠

小草一样的坚忍不拔

引吭高歌的雄鸡

冲天腾飞的巨龙

顷刻间　洒满一地的柔情

让我陶醉在你温暖的怀里

你掌心的磁力吸引着我

今生你就是我永远的追随

生命的春天

悉心倾听腊梅绽放的声音

不由得迈开负重的双腿

昂首行走在坚实中

嗅取缕缕清香　弥漫空间

拾起生活中点点碎片

拼凑成"心"形图案

生命的春天向我们遥遥招手

饱尝刺骨的寒风

把一切毒素冻僵

心便幻化成一汪清泉

涓涓流淌永不停息

甘甜至心底　舒适而安逸

生命的春天便向我们轻轻微笑

直面飘雪的日子

天空也因赋予太多的思念

以致滴滴泪水凝固成雪

满含相思牵挂与大地

相依相偎　激情热吻
火焰的燃烧再无一丝隐秘
生命的春天便踏着
轻盈的脚步纷至沓来

春天的邀约

走过冬日漫长的风景线

春天在小河刚刚启封的笑声中

倏然降临　给万物着上绿衣

种子和小草的梦语

叩响蛰伏了一个冬季的耳膜

春风飘渺着暖暖的味道

拍打附着一冬的尘埃

风的凝望把碎片粘连

炫成五彩的螺旋

为岁月翩然起舞

是融融的暖意给你如此灿烂的微笑

欣然接受生活赐予的忧和喜

沐浴在春风中

感受一种温馨和惬意

一种熨贴和抚慰

领略蓬勃的生机和活力

绽放嫣红的容颜

增添色彩　点缀妖娆

拥有了一个春天的邀约

远离城市的喧嚣

让旷野的和风围绕我们

滋润了喑哑的嗓子，短促瞬间

又一轮汹涌的温情里

暗香袭来

掬一捧泥土的芳香

采一束阳光的温暖

看看新生的浅绿的柳芽

瞧一瞧含苞的花蕾

谛听鸟鸣　陶醉于有关

生命最真切的歌声

新鲜的空气滋润着勃发的日子

也浸透我们一颗颗纯净的心灵

往日的纠结荡然无存

融进柔和　让幸福停留

滋生一种感恩弥漫心底

不由得虔诚地双手合十

微闭双眼　面露微笑

许下关于春天踏青的美好祝愿

耳畔响起悠扬的乐曲

看空中风筝美丽的身姿

赏缕缕白云飘逸的神采

为芳香沁入心脾感动着

迷茫的双眸有了飞翔的渴盼

你我相牵在春天

在希望的绿洲　尽享春的眷顾

热流淌遍全身
平铺在身的阳光
是不是你真实的写照？
聆听你心中的文字
弥散起优雅的醇香
点缀共有的骄傲
写下永恒的感动
在红豆采撷的季节里
拥抱月色　沐浴阳光

春的赞歌谱写春的序曲
上帝赋予你烂漫缱绻的情怀
你的面孔沧桑慈爱
丰裕的情思裸露
你的声音浑厚磁性
沉淀的财富蕴藏
在此串成点点珍珠
把燃烧的情愫环绕
大地的脉息，自掌心生动我们

漫步在春的堤岸

感悟春带来的渴求生命的力量

一望无际绿的海洋

在双眸的映衬下一览无余

采收一捧新绿　泛起一抹嫣红

于是　那双眼睛

那个面孔　那种声音

在心间定格为永恒

恬美柔和从春天启程

点燃激情　催我奋进

生命的原野上

弹奏渴望已久的悦耳的乐曲

让我们的每一串履痕

在解冻的土层中生根　发芽　结果

不想把等待变成守候

不想把守候变成岁月

春天，我们一起踏青

在春的彼岸荡起深奥的涟漪

春天也有凋零的树叶（组诗）

1

冬的喧嚣开始融化

柳枝露出含羞的微笑

小草倔强地昂起头

花蕾绽放着喜悦

解冻的土地　春天来了

明媚的阳光是否把你拥抱

2

天空浅蓝　白云飘逸

我的思念澄清　悠远

无法称出心灵的沉重

只想漫步于天涯

你瞧　那振翅高飞的大雁

是否划过我追逐你的足迹

还有我模糊的未来

3

仰望星空　寻找属于我的那一颗

瞬间我就找到了

你用赞赏的目光回复我

我紧缩的心骤然开阔

发现你在我心中是最美的

幻想着我们相拥时的心潮澎湃

可是　你那么高远

我能拥你在怀吗

4

我知道这趟列车

是开往春天的

清扫我满身的尘埃

阳光晾晒心的潮湿

一路狂奔地驶向万花丛

你可曾驻足身边的我

在频频招手　呼唤

微笑地给你最美的祝福

置身草原

我来到你的怀抱
你的无边无际　你的空旷神怡
无不成为我脑海永恒的画面
蔚蓝的天空给我曼妙的遐想
绿色的草原给我延伸生命的启迪

于是我的思绪开始驰骋
不放过每一个细节
尽收于眼底
明净我的双眸

感受你怀抱的宽厚
聆听你天籁的声音
欣赏你博大的爱心
凝视你淡泊的心境

一种冲动涌上心头
想细语柔柔
又想洪声震耳
草原　你是我永远向往的地方

有一棵树
——致河北省民俗文化协会

在茫茫的文化丛林深处
有一棵傲然红尘的树
涵盖了民俗情趣
批判接纳了成败荣辱
将光明留住
将残渣过滤
光大美德　遮风避雨
家的温暖俨然化作美图

脚踏润湿的热土
油然而生的感激和互助
泪水中呈现历经的路
将自身的温度
共享心灵的碰触
平息喧嚣的心绪
是何等艰难又是何等幸福

飘飞忧郁以至芳香凝固
靓丽的风景骤染双目

我们甘愿做树的俘虏
实现未尽的万千情愫
拥抱展现灵魂的民俗
亲吻柔和的阳光
用快乐的心情伴舞
尝遍世间的冷暖和残酷
为这棵引领魂魄的大树
谱写壮丽的歌赋
让民族精神盈满玉壶

枝繁叶茂饮尽甘露
笑看路途的平坦与崎岖
与高尚思想为伍
和圣人心灵会晤
在历史的长河
去糟粕　求灵魂的馥郁
涤荡心灵的荒芜
还有振翅高飞的彩羽
默默守望一束
天长地久的温馨和呵护
让树成长为中华民族的擎天一柱

大海的力量
——致河北省民俗文化协会

小溪寻到了前行的方向
把懦弱深藏心底
欢声笑语一路相伴
行进的歌声在喉咙唱响
寻求文化强国的梦想

十年历程，装满曲折和不解
干涸的灵魂，能被你的真诚点亮
文风卷走过去的伤感
频频的感召在胸中激荡
孤独的苦涩转化出芳香

江河的力量是奔向大海
大海的力量是凝聚汪洋
奔涌中我们相扶相帮
风霜雨雪，一时的阴霾
遮不住我们心头的明朗

仁慈的面孔，积满脑海
坚忍的情怀，时时酝酿
彩虹围绕在我们身边
绵绵文思在脑海欢畅
灵感的月光落满我的心窗

因为你营造不朽的民族情商
我们就拥聚在你伟岸的身旁
你延伸燕赵文化的壮丽根脉
你吸纳多少小溪、河流奔向远方
天南地北呀，纷纷与你集体发力
共同演绎中华民族的文化辉煌

清明踏青在圆梦园

沿着陡峭的山路

敞开宽阔的胸襟

装满憧憬已久的风景

将画面定格在脑海

直逼灵魂深处最柔软处

领略春光的明媚

融入春雨的缠绵

静享春风的抚慰

哼着小曲　唱着歌谣

与你牵手漫步在春的堤岸

相视一笑　紧紧相拥

甜甜的感觉便浸泡在蜜罐里

鸟儿在欢唱　大雁凌空飞翔

心儿便插上翅膀寻找自己的蔚蓝

世界在这一刻凝固了所有的欢笑

串成风铃在指尖舞蹈

便有缕缕彩虹悬浮　刻上斑斓

如莲花般的心境辉映下

随着音符的跳动

独奏一曲浪漫情怀

洒满你我走过的小径

不知历经多少次的回眸

才迎来了今生的相守

拍拍你的肩膀　揉揉你的掌心

感受我的颤抖　你的呼唤

将爱的围墙砌得坚如磐石

幸福就这么近

梦想再一次启程

飞是梦想

扔出去的是希望

自心底涌出的感恩流淌着

飞一次　再飞一次

拉近天空与大地的距离

在圆梦园厮守一生

我们相约，在诗歌的春天里踏青

浅蓝的天空　柔柔的风

掬一方酥软的温存

看心事抽出嫩芽

怡然钻出土壤

翘首遥远的希冀

触摸新春伊始

放下昔日的阴霾

耳畔响起悠扬的乐曲

看空中风筝美丽的身姿

赏缕缕白云飘逸的神采

为芳香沁入心脾感动着

迷茫的双眸充盈飞翔的渴盼

捧一捧泥土　托起岁月的沉重

风的凝望把碎片粘连

旋成五彩的螺旋

为岁月翩然起舞

春绿秋黄的变幻下

你坚毅的面庞
映衬了我绯红的羞涩

我们奔跑着　寻觅着
在希望的绿洲
牵手享尽春的眷顾
热流淌遍全身
你的温柔淹没了我
晶莹　富有　在心间绽放

三月　我们相约
在春天的诗歌里踏青
聆听你心中的文字
弥散起优雅的醇香
点缀我们共有的骄傲
写下永恒的感动
在红豆采撷的季节
拥抱月色　亲吻阳光

端午遐想

两千多年前，在汨罗江畔
一个诗人高耸发髻
微风吹拂过　衣袂飘飘
空灵的思绪至远方
神情严肃悲壮
怀抱一干净的石头
带着对时代的反叛
含恨沉入江心

从此苦艾的长叶伸入五月
一片粽叶　一根长长的线
包裹着多少相思多少惆怅
牵引着多少英雄寸断肝肠
响亮的锣鼓　争渡的龙舟
走进国殇　走进两千年的沧桑
义愤填膺　火烧胸膛
挥洒着热情彰显着力量
沉浸在诗歌巨大的回响

让穿越时光隧道的思想

已然成为全世界的震撼

那有力的一个音符

给后世的人们敲响警钟

演绎成为千古绝唱

在汨罗江深处

《离骚》踏着涨起的波浪

驻扎在每个人的心房

第二辑 七夕夜，枕着相思入眠

七夕夜，多少相思多少泪

雕刻在红木圆桌上
一幅美图引起我的遐思
正值七夕
令我陷入甜美的追忆
愿有情人终成连理

我在此岸　君在彼岸
此岸的鲜花盛开
彼岸的林荫蔽日
宽阔的银河波光粼粼
阻挡不了彼此芳香的传递
情的呐喊在上空回响

多少晶莹的滴落因相思而起
多少颤栗的拥有因思念着迷
生命萌发蓬勃生机
梦想不再是虚无的汇集
遥望彼岸　心灵的撞击
耀眼的火花燃烧在心底

爱的絮语敲打着心窗相通的灵犀

七夕夜，红烛流下相思泪
轻撩卷帘　你的身影充斥着我心扉
漆黑的夜空星光闪烁
那最亮的两颗星星
是不是我和你在遥遥相望

牛郎和织女的相会
虽然忍受了三百六十四个
日日夜夜的寂寞和挂牵
但在七夕夜
由数以万计的喜鹊
为爱的倾诉搭起鹊桥

而两个相恋的人——我和你
谁为我们排除空间的距离
哪怕就一刻无语的对视
晶莹的露珠洁白了思恋
心儿便怒放馨香飘洒洋溢
心儿便翩翩起舞流淌幸福
堆积已久焦渴的语言倾泻如潮
却一时哽咽

繁星窥视万千细语喃喃

灿烂的情感淋漓酣畅

曙光微现，希望的种子再次播种

天边的细雨浓缩了依恋

为我和你披上彩色霓裳

多少相思多少泪

圣洁的情感盈满脑际

我和你定能打破一切阻碍

即使冬雷震震　夏雨雪

即使地老天荒

依然跨过空间倾诉

一年一度的鹊桥衷肠

让相吻的唇粘一起

让握紧的手不再分开

中秋相思

往昔的平凡与曼妙
在皎洁的明月微笑下
映衬得愈加清新澄澈
如涓涓泉水演奏者
一曲悠扬婉转的轻音乐
软化我僵硬的愁思

一种渴望越来越浓
一种渴盼弥足珍贵
一种柔情百转千回
一种相思缱绻悱恻
一种思绪穿过云霄
一种信息你我与共

你我拥有心灵感应
不然怎会同时在异地彼此遥望
通过明月传递浓郁的情感浸透
喷涌而出的热浪
夹杂着苦涩的咸

惊醒麻醉的心扉
品味着甘甜酸楚

疲倦的思绪栖息在怀抱
浓郁的相思溢出明月
珍惜呵护今生的情缘
心连心进行一次心灵的对话
难以掩饰久别重逢后的喜悦
厚重的魂魄滋生洁白的羽翅
在这团圆的日子里
遁入柔情中陶醉于身心
理想与梦一起振翅高飞

童年

童年的性情和微笑
发自内心深处
毫不掩饰的率真
时时春风摇曳
身披新绿好奇地张望

童年有跳跃的步伐
听着脚下的声响
哼着走调的小曲
一蹦三跳地
呼吸新鲜空气
寻找阳光的温暖

童年喜欢静静地遐想
听鸟儿的鸣唱
或悲或喜而泪流
继而双眸放异彩
惬意的感觉呼之即出

童年心高气傲

想好的事　说做就做

哪怕碰一鼻子灰

被父母呵斥

口服而心不服

哼　不相信我做不好

童年的天空蔚蓝

飘逸的云彩写满自由

想长出一双翅膀翱翔

高山大海不再遥远

探寻更远世界的神奇

我拥有你——中国梦

与你朝夕相处的日子
我的慌乱演变成心怡
彰显美景的鲜明和靓丽
从此沿着正轨奋发努力
寻找你的源泉

与你心灵相通的日子
我的狂妄催化成谦虚
碧绿的波浪此起彼伏
涟漪间浸透情的关注
拥抱靓丽的风景和希冀
寻找你的足迹

与你奋发图强的日子
我的贫穷演变成富裕
心灵便注入不竭的小溪
将我欲望的浓郁稀释
淡泊看待一切得与失
幻化成岁月的静美

让笑容洋溢
寻找你的温馨

与你相依相偎的日子
我的冷淡激发成热情
因你而愈加强烈不屈的斗志
将梦的色彩斑斓开启
我愿用心去偷袭
你倾城般的美丽
祖国的发展一日千里
我用全部的爱高高举起
构成你无限的魅力

年复一年的四季
满含你的盎然生机
播洒你的如火热忱
收获你的硕果累累
平铺你的洁白被褥
你高尚的品德一览无余
瞬间的落红留下片片相思
你心里没有叹息
只有繁荣复兴卓越功绩

日复一日的花开花落

你的眉间绽放花朵

你的微笑染红双颊

你的拥抱柔软舒适

你的亲吻滚烫甜蜜

灵犀相通的感觉跃然纸上

一举一动全读懂你的旨意

一笑一颦均会意你的心思

你让崭新的中华东方屹立

你让捍卫祖国的英烈名垂千史

顿悟你宽广胸怀的博大情爱

我拥有你——中国梦

即便走到天涯海角

即使翻过千山万水

让我魂牵梦萦的你

填满我心中的爱

你的光环将我的智慧提携

你的繁花似锦说服世界

你就是我独一无二的中国梦

我会用扎实的知识实现

城市的守护者

为什么眼里常含泪水
因为对工作挚爱和眷恋
无论风雨雷电
也无论酷暑严寒
始终以满腔的热情
去规范门店　去疏通道路环境
对不理解的人仍笑脸相迎
耐心劝慰以帮助他们走出暗影

有阳刚的蓬勃　有阴柔的温情
为创造城市文明　创建人居佳境
用青春谱写和谐的旋律
倾注大爱实现城管人的职责
用实际行动编织纯美的梦境

沉淀了喧嚣　浮现了清新空气
在宽敞整洁的马路徜徉
吹走多少浮躁的不安
多了几分舒适和恬淡

惬意的感觉油然而生

有花团锦簇的城区环境
有欣欣向荣的城区面貌
你可曾知道　每每这时
有多少疲倦一扫而过
有多少不解不复存在

看着日新月异的人文环境
曾被误解的委屈又算得了什么
只要有成绩　只要微笑常挂脸庞
就有理由骄傲　有理由自豪
只因为我们是城市的守护者

腊八粥

走过了勤劳的春夏之时
走过了硕果累累的秋季
走进了腊月的天地
千年古俗在心海弥漫开来

丰收的果实汇在一起
在沸腾中咀嚼甜蜜
滋生着浓浓的近春情愫
亲临腊八刺骨的寒冷
涌起对亲情的思念
四溢的激情追逐着幸福
摇曳出渐次芬芳的粥香
甜在嘴上　暖在心间
嵌入了佛家的慈善

把爱和希望搅拌均匀
对春节的憧憬
便抽穗　茁壮成长
眼角的微笑如菊花绽放

眸底的深泉折射靓丽的画面

美好从此常驻心怀

浪漫飞翔珍藏心底

把希望遥寄给新春

抛洒苦涩的泪

流露无限的缱绻之情

任风吹雨打

心凝结在一起

寒风在羞涩里释放着温暖

冰凉不再　锦书互递

待喧嚣过后

煲一锅滚烫的情粥

暖热冰冻的心扉

让沸腾中的甜蜜

溢满相思的渡口

绥阳，我诗的摇篮

你脚下的土地播种诗的种子

在阳光明媚　雨露充分时

生根　发芽　长成枝繁叶茂的大树

驻足凝眸　思绪飞到了遥远

啊　这就是我寻寻觅觅的那棵大树

每一枝一叶都各具特色　独领风骚

一个绿色的希冀在心底萌发

给我震撼魂魄的亲和力

梦想的翅膀驮着期盼与欣赏

在寻找一个生命的出口

如今　我找到了　诗乡——绥阳

你就是我生命的标题

缓缓飘落你平静的心湖

在你洋溢着诗意的波涛里遨游

绥阳　我梦想中诗的摇篮

渴望在你柔和激情的怀抱里

丰满我诗歌飞翔的羽翼

你是我挂满思念启航的风帆

颤动的旋律　眸中的风景

都有你情的波澜在摇曳

有你在　绵绵文思脑海欢畅

有你在　灵感的月光敲打心窗

心中留有一片彩虹仰望蔚蓝

沐浴在阳光下采撷温暖

数风流人物　还看绥阳

唯愿在你怀里不染风尘

聆听生命弹奏的琴音

空间中便弥漫幸福的滋味

写就山青水秀人文历史

弘扬文化内涵　美化心灵

为中国梦放歌

我庆幸
我可以用我的勤劳和汗水
为您清扫雾霾　铺平坎坷
让我的双眸满是您的清新
青山绿水展现容颜　脉脉含情

我骄傲
我可以用我的坚持不懈
为您播下繁荣昌盛的种子
嗅着泥土的芬芳
看着绿色希望萌发
成长为枝繁叶茂的大树
因为有您的庇佑
我的胸怀更加宽广

我自豪
我可以用我的拙笔和智慧
为您谱写曼妙的篇章
乐曲的悠扬翩翩起舞

苍茫中苦渡的一行行脚印

无不写满我的不屈和渴盼

唤醒您的斗志　东流不息

我高歌

我有龙的血脉

就要精心装点着龙的传奇

为龙的图腾　中国梦的实现

勾勒挺直的脊梁

日新月异的变化

让新时代的战歌冲天嘹亮

昂首屹立于东方之林

我要用劳动和满腔的激情

铸就不屈不饶的民族胆魄

看碧天镶嵌彩虹

让梦想扬帆起航

因为我是龙的传人

为了您的辉煌

我当奋发图强

诗路春语

春语唤醒了冰冻的河流
春语唤来了鸟雀的鸣唱
春语迎来了绿色的希望
在远方向我们挥手致意

潇潇春雨　柔柔暖风　诗路漫漫
我们有奔放的思潮
沐浴在阳光下
吮吸着晨露的滋润
品味着醉人的馨香
抬望眼
未来的一切清新又好奇
我们摩拳擦掌注入活力
点燃青春的畅想

以爱为帆　扬帆启程
迎春风　奋力飞翔
舒展岁月留下的褶皱
走在铺满诗意的路上

沉淀怅惘　过滤尘埃　希望浮出水面
让沁满芬芳的春语流淌
越来越走近梦想的天堂
明亮你我他的双眸

陶瓷的语言

天上的火呀　像网

将你包围

你不会束手就擒

地上的火呀

像愤怒的岩浆

你也不会成为灰烬

你就像真理

在这四面八方的火炉中

变得通体透明

火成了你的语言

你的文字

更成了你的灵魂

记载你的纸张

总有一天会消失

陶制的你

在废墟中高高耸立着

摆脱了庸俗

纯净如琥珀

剔透如珍珠

一半是你

一半是阳光

还原那份圣洁的渴盼

在万物丛中熠熠生辉

抗战胜利的沉思

是谁

剥夺了我们生命的权利

让我同胞在生死线上挣扎

孤独地守着饥饿和寒冷

是谁

铁蹄践踏中华大地的美景

让我同胞栖息在满是乌云的天空

呼吸浑浊的气息身染疾病

又是谁

点燃了人民的斗志昂扬

铸就了人民的铮铮铁骨

向体内注入新鲜的血液流淌

又是谁

抛妻舍子　义无反顾走向战场

抛头颅　洒热血　捍卫每寸土地

用生命的代价换取迟到的光明

痛斥敌人的残忍粗暴的行径
小米加步枪也定要
挫挫魑魅魍魉的锐气
斩尽荆棘　显露原形

上千万抗日战争的英雄
早已被怒火填满的胸膛
践行着保卫国家的重任
剑锋所指　所向披靡

乌云散过　彩虹必挂在天边
血染的风采铸就新的长城
不屈的灵魂掀开新的篇章
倾听民族脉搏的有力跳动

七十年了　我们一直向前走
不惧怕枪林弹雨的袭击
一只雄鸡把黑暗唱明亮
迎来祖国的繁荣和昌盛

孝河长长孝湖清

走进曲阳，走近名乡孝墓
寒冬的阳光格外温柔多情
因为有千古孝子张务朝
有他为母揭庐守墓的孝行
感染了这里的山山水水
浸润得进士故乡柳绿花红
——他是山之魂
——他是水之灵

都说张进士遗嘱埋入坟茔
做官不当外三鬼
终要回到父母怀中
都传张进士最恨不慈不孝
死了　他也要吹拂尊老恤弱的长风
他是化作身千亿　无处不在
他是转为窜天猴于时光相共
——孕育孝廉之花
——化生善美之英

看今朝　王月恩演绎孝女的故事
又用苦心唱响好儿媳的歌声
那刘晓然以爱写春秋感天动地
日夜侍奉两头两代的老人
那张秀静静守穷家的盲女不离不弃
把公婆的欢喜健康视作自己的性命
——山菊默默开无悔
——金谷低眉不求名

平淡是生命意义的另一种繁华
孝道是为人处世的首要情境
进士在天含笑　欣慰自己的心迹在传递
道道孝义的光焰照耀着他的墓地
善行河北　德润燕赵社风村风美
善存曲阳　孝非一墓　家风门风正
——孝墓高高孝山耸
——孝河长长孝湖清……

北戴河，梦圆之地

滔滔河水日夜不停地奔腾
把心中的每一个梦想在此汇合
染遍周身　流淌到远方
流淌到血脉中的每一个细胞
她身体力行　践行着诺言
潜移默化地推动自身梦想的实现

她努力向前汹涌着
因为营养的匮乏、杂乱无章的拥挤
在最前方扫除路边的障碍
让后来者紧紧相随
一起欢呼着寻求梦的闪光点
天　高远了　地　广阔了
那个耀眼的光环找到了
那就是弘扬"和"的文化

经过多日雨水的洗礼
杂质的滤出优胜者的精益求精
给"和"的文化注入鲜活的元素

如春笋般涌出的正能量

分散给每一处寻求的目光

新生能力逐渐扩大　茁壮成长

潺潺流动的过程

是和谐、跨越、腾飞的举创

一路披荆斩棘　欢歌笑语

留下铿锵的脚步　唤醒痴迷的同伴

以激越豪情和优美的旋律谱写大爱的篇章

吹响奋进的号角

惊羡她雕琢和点缀的每一幅画卷

领头人王殿明的高瞻远瞩

一展抱负　创建"和"的新说

北戴河　圆梦园　梦在这里启程

圆了他的梦　圆了我的梦

也圆了中国梦

注定我头顶的光环是你精心培育

我在佛前沉睡了千年
直到有一天遇见了你
落下一颗忧郁的泪
为续与你的缘
我在菩提树下求了五百年
你失眠了五百年
佛便安排了今生的相见

缘来　就要牢牢抓住
缘来　就要呵护珍惜

你便成为我今生的唯一
走近我的心坎　温暖我的寒冷
你便成为我依靠的肩膀
凭我任性　驱赶我的恐惧
你便成就我的幸福人生
赐我调色板　描绘七彩画面

当凹凸不平的山路
羁绊了我前进的渴望

当恶劣环境压得我喘不过气

有你在

会不会再无大山让我扛

当悲伤无处诉说时

是否还有你可以为我疗伤

我含泪问苍天

若全世界对我雨雪交加

你是否依然会

在每个晨曦对我微笑

对我说一世的情话

让伤口结痂　脱落

面对来自你双眸深处的泉水

我无言地接受并享用

我已经作好准备

把背影留给过去

决绝地启程　如一骑绝尘

相信你会护我一世周全

助我浸过雨露　走上台阶

拥抱你的温存和刚强

燃烧我腾飞的欲望

让你牵着我的手走天涯

注定我头顶的光环是你精心培育

三十年同学聚会有感

我们从青春懵懂的岁月

沿着好奇　进取的轨迹

甩掉羞涩　敞开心扉

迎着朝霞升起的地方

迈开自信的脚步

带上笑容　带上爱心

释放正能量　高唱胜利的凯歌

推倒一个又一个的绊脚石

跨过一个又一个的沼泽

走过一片又一片的绿洲

理理发梢　甩甩衣袖

给身后的尘埃一个微笑的回眸

给胜利的彼岸一个憧憬的运筹

就这样　我们信心与日俱增

就这样　我们与困难搏斗　翻江倒海

换来了我们胸前的奖章　自豪的缘由

换来了我们脑海的智慧　成功的平台

岁月的匆忙　流逝了青春的容颜

却冲不垮我们友情坚固的城墙

曾几何时　茫茫人海　我们擦肩而过

而今　茫茫网海　我们相聚在这里

你奉献一点花香

我付出一点关爱

再复杂的纠结也会茅塞顿开

再错综的矛盾也会迎刃而解

脉搏有力地跳动　彰显着友情的互动

展眉一笑　就会有多少温暖迎面扑来

岁月让皱纹爬上额头

时光却让童心驻满心间

我们是一个大家庭

无论风雨如何变幻

来自四面八方的阳光

依然灿烂我们的心灵　明澈我们的双眸

致 2016 "五百文人庙会行"（组诗）

一　搅糖稀

本是同根生

你何成为蝶　我成鱼

你羡慕我遨游海底探寻珍宝

我惊羡你细腻的情愫　美好的归宿

我们各自发挥才能至极致

祈求救世主让我们

一起化为蝶　一起化为鱼

共同享有世间的情意绵绵

了却今生的夙愿

走向天荒地老

二　吹糖

谁不赞美我的美妙绝伦

谁不赞美我的精益求精

谁不惊羡我的耐力持久永恒

谁不赞叹爱我的人的执着奉献

我拥有了天时地利人和

拥有了宽容和忍耐

抛弃任性和胆怯

抛弃黑暗　向往光明

才拥有了倾国倾城的美貌

三　草编艺人

只有你最懂我

让我在合适的位置

发挥着我的潜能

正因为有了

你的理解和呵护

才驱赶我内心的忧郁

让我的心骤然开朗

从此笑容将伴我一生

四　木偶戏

我的心被阳光普照

我的情感便随着

舞动的腰肢一泻千里

赶跑你的阴暗

让春天的姹紫嫣红

柳绿花明

填满你的心胸
献给这个世界最好的礼物

五　拉洋片

歌声和弦声互相帮衬
此起彼伏　抑扬顿挫
挚诚和柔情搅拌
一曲高山流水觅知音
便追逐在你我的草原间

六　常山战鼓

是凯旋的鼓声吗
如雷霆万钧　惊天动地
是前进的号角吗
如万马奔腾　所向无敌
是丰收的喜悦吗
如雨打芭蕉　欢快清脆

松解往日的禁锢
将绽放的情绪任意放纵
撩开梦的窗帘
射进万缕阳光

七　武术

一招一式蕴含着

中华文化的精髓

一声一声地喝彩

燃起骨子的热爱

认准的目标

产生无穷的乐趣

只要一路坚持不懈

就会有璀璨的光辉在头顶环绕

八　枪术

你有你的战略

我有我的防御

你攻我守　你守我攻

一环套一环　环环相扣

激发你的灵敏

增长我的智慧

在你来我往中

信心满怀　学会从容应对

九　走高跷

世界本就是布满荆棘

世界本就是险恶浅滩

鼓足勇气　铲平坎坷

有困难也会迎刃而解

有沼泽也会跨过　走向绿洲

总有一天世界向我微笑

我对世界亦还以微笑

十　杂技

血液中共有的澎湃

追求更高更远的精髓

演绎着冲刺　尖端的步伐

你的成功　有我的一半

我的成功　有你的一半

我们惺惺相惜　取长补短

我们定会拥有人间的辉煌

十一　游乐场

社会是一所无字的大学

园丁们铺洒着热情

将自己的欢愉

与祖国的花朵共赏

在欢笑中传授知识

在娱乐中感悟挫折的袭击

感悟成功的惊喜

在哭笑中发现世界的纯美光环

十二　特色小吃

舌尖上的文化

是勤劳与智慧的结晶

是感官与理性的结合

只有尝遍　酸甜苦辣咸

人生的道路

才会在进取中

求得精致绝伦

十三　恐龙园

晓得我当初

叱咤飞云的雄姿了吧

晓得我飒爽潇洒了吧

是环境造就了我的凶猛

是本能的适应改变了我的懦弱

若不是因为环境的突然恶劣

又怎么会奄奄一息　直至消亡

倘若能更早地享受温暖

冲破云霄不会是遥远的梦

十四　书摊

能启迪人的智慧

能彰显个人的兴趣

能去除黑暗找到光明

能去除烦恼快乐染身

它是一座抵达遥远的桥梁

它是一支描绘斑斓世界的笔

它是一泓清澈见底通向海洋的小溪

它振奋了斗志扩大了视野

敞开了洞悉世界的大门

光阴的跳蚤

我被光阴的跳蚤

恶狠狠地叮咬了一口

从停止拔节的骨骼

连同正迅速生长的肌肉里

流出童年金色的阳光

幻化着沟畔那枚映射光芒的

打碗碗花

少年绿色的无名小河

洗尽身上染透岁月的黑暗

皮肤沁着水的光滑

青年红色的思潮

翻卷起学苑知识的浪波

记忆着甜蜜的第一次拥抱

初吻

我看见中年的光阴

迅而急地涂抹上一层顽固

掩盖住这段

窥破的印痕

不是所有的营造
都能噬穿光阴
让心回归过来的
年代

也不是所有的光阴
都能产生惊鸿一瞥
还原青春的浪漫

生如夏花

我远大的抱负即将爆发
沉淀了冬的厚重
体悟了冬的凄凉和冷酷
继承了春的勃勃生机
延续了春的甘霖和希望

甩开双手　大踏步前行
看到了夏季盛开的花朵

来到这个季节
我的心胸无比宽阔
我的视野无限地延展
因为尽情在阳光的海洋里畅游
因为赋予了暴风骤雨的洗礼
因此　我的微笑最真　最纯
因此　我的世界澄清　透明

无论是面对垂涎欲滴的花
还是直视浪漫灿烂的花

两种生命状态　构成我生命的写照
生命的色彩便如夏花之绚烂
由心底绽放惬意的心情
藐视虚伪呈现最自然率真的我
一任生命之河东流不息
追逐梦中的圆梦园

我是一枚核雕

我生长在地中海的蓝色风里
核里蕴藏着地中海的灵魂
但我被人们砸尽了橄榄油
抛弃于山岗路边　溶化泥土
肥沃那片蓝色的大地

有一群神奇的人
用小小的利刃
顺着我蓝色的年轮
精心挑选　精心编织
令我焕然一新

一个饱读诗经的菩萨
一个威武雄壮的罗汉
一个历史上的经典塑像
一个传说千年百载的故事
一个美丽婀娜的仙人

我是一枚核雕

在灵巧的手里
注入了新的灵魂　新的内容
珍藏于爱人的手腕
亲人的心中

我是一枚核雕
橄榄壳成为超级的神圣
我的伙伴是中国桃核
她们也在那神奇的手里
演绎着一个个传奇的故事
舒展着身姿　怀揣着各异的心事

南方的苏杭　北方的永清
有一群微雕的匠人
播撒着爱心
凸显着价值

我有幸漂洋过海
成为巧匠经营的对象
在精准的目光中
在大刀小刀的雕琢中
我美化了模样
摒弃了丑陋的心灵

成为一个有灵气的核雕

在众星捧月般的喝彩声中

完成一个质的突飞猛进

陶醉在和谐的氛围

天河山遇雨

在天河山
我分明看到牛郎和织女相拥
一个响雷炸开了天边的黑暗
紧接着狂风暴雨倾盆而下
是织女满腹的相思泪
还是牛郎的热血沸腾
在忘我的相拥里
发出响彻云霄的呼啸

忍耐了三百六十四天的寂寞
和甜蜜的相思
才换来了这一年一次的鹊桥相会
久久地四目相视
不停的叮咛中揉进了泪的纷飞
一个眼神的相融
瞬间在血液里翻江倒海

两个身影在记忆深处
重复着一样的语言

写下饱满的诗行

游历在彼此灿烂的光芒里熠熠生辉

波涛汹涌时　有牛郎有力的肩膀

缠绵缱绻时　有织女百般的柔情

狂风的肆意　暴雨的酣畅

剪不断理还乱的相思情怀

十指相扣　享受电闪雷鸣的碰撞

将爱的忠贞凄美浸染天河山

何时剑斩拆散鸳鸯的王母

不再让爱情之山倾盆泪涌

融入牛郎织女的欢欣雀跃

形成岁月积攒的琥珀

平铺在天河山——爱的天堂

转经轮

我们鱼贯而行转经轮

经轮转动润我心扉

这就是忘忧轮

忧愁　哀怨都在转经轮中散尽

这经轮就是快乐轮

喜事连连　惊诧我的心

蓬勃我的灵魂

淡然心境　抖落繁华红尘

这经轮就是爱情轮

慈航普渡　成全了无数婚姻

有情人终成眷属

互帮互助相亲相近

这经轮就是财富轮

祈盼的新房宝马即将来临

沸腾的骄傲在淡然中平息

这经轮就是生态轮

天人合一是真谛
敬畏天地是永久的责任

这经轮就是长寿轮
呵护着生延缓着死
让耄耋老人强健身体
享受天伦之乐
享受沁人心脾的芳香和温馨

转经轮　转经轮
极乐寺中常转转经轮
好运接二连三敲门　恭贺欣喜
四溢的阳光沁入
眸中的世界跳跃着　暖热心扉

白鹿泉

阅尽人间春夏秋冬
阅尽人间苦辣酸甜
白鹿泉　日也涌　夜也流
春也淌　夏也窜
秋也冒　冬不干

你就是我们的趵突泉
你就是我们的达活泉
纵然天换地改　沧海桑田
你也会永远滋润着太行
装扮着大地的容颜

因为你是韩信留下的福祉
因为留恋着东海源源不断
因为你从诞生就懂得
太行需要你　灵山需要你

花草树木想着你
飞禽走兽恋着你

黎民百姓依赖你

连天上的白云都守望你

你和万物是命运的共同体

赐生灵以勃勃生机

灵山因你而秀气

你因灵山而再次生奇化异

你在朝霞中放射出万道彩虹

你在月光下奉献无数的涟漪

这就是白鹿泉　你就是白鹿的传奇

白鹿泉寿与天齐

庇佑着朴实憨厚的一方百姓

白鹿泉汩汩无期

延展着无数绿色的希冀

满足时时刻刻涌现的感激

激情元旦

走过三百六十五里路

见证了曾经的坎坷与平坦

每一步的取舍

都足以证明是岁月忠实的守望者

融入了春花浪漫　夏雨淋漓

金秋的硕果　初冬的霜雪

经历了水与火的锤炼

溢满了微笑　洗涤了灵魂

扩大了视野　亮丽了双眸

阳光在前方　阴影被抛向身后

不再去想恼人的伤疤是否愈合

不再留恋心怡的环境是否长存

只想沿着欢快的轨道一直前行

和着霜雪醇厚的浓度

拨弄着沁人的心弦

踩着合拍的节奏

去寻找远方和谐的乐章

在把所有的疲惫放下

让心从零开始的瞬间

看元旦伊始

满天的星斗隐落　东方初白

太阳从地平线跳跃　升腾

信心十足的你我他

早已聚集无限的力量

昂首挺胸迎接新的挑战

在已铸就的七彩殿堂里

继续行走在长征路上

完成下一个三百六十五里路的辉煌

领略花好月圆　享受源源不断

海边思语（组诗）

浅蓝

渐渐和我的生命

融汇在一起

那天籁的声响

在我的心海

泛起阵阵涟漪

在海边

相偎而坐

我对你低声呢喃

你把我拥入怀中

刹那间

海水浸透浓绿

双眸便看见了

希望的远方

沙滩

炙热烘干我的潮湿

海风带着咸味

撩起我的衣襟

吹拂我的秀发

也认准心中爱的方向

在阳光的抚慰下

裸露的心闪着

黄金般的色彩

扎根最深处

微笑地对着天空

低声回旋沁入心脾的絮语

鱼水情深

鱼儿在海中畅游

迎来海水欢欣雀跃的笑声

掌声　欢呼声　连同

顽皮　任性　萦绕空间

只需鱼儿懂水的怜惜

水懂鱼儿的缥缈和真实

鱼儿戏水　水宠鱼儿

鱼水相拥

鱼儿是水的宠妃

水可是鱼儿的蓬莱仙乡

召唤的魅力

深蓝　海的凝重

给我一个许诺

携手欣赏夕阳的壮美

淡泊喧嚣　守望宁静

给未来一个

掷地有声的回答

怀揣精彩慰藉灵魂

召唤的魅力

彰显夯实的力量

眺望曼妙的舞姿

海的波涛

风云雷电、波涛翻滚

多少风裹挟着雨

雨敲打着风的门扉

有真、善、美的传承

心态决定成功

不管东风压倒西风

还是西风压倒东风

雨的淡然从容

亦或　　慷慨淋漓

均胜似闲庭信步

海的憧憬

喜欢生活中浓重的色彩

有大海的味道

有成熟的沉淀

有价值的恢弘

还有笑的天涯

与海角的融会贯通

喜欢生活中跳跃的姿势

有大海的气势

有潜移默化的启迪

有柔情的滋润

有铮铮的铁骨

与爱的琥珀相连相系

致第六届衡水湖诗歌节（组诗）

1 老白干酒般的情谊——赠咏华姐

老白干酒　顾名词义

"老"　生产悠久

"白"　酒体无色透明

"干"　用火燃烧后不出水分

赏了老白干酒的形成过程

如饮甘霖　豁然开朗

偶然的机遇　我们相识

所不同的是　我们没有

走过风吹雨打　雷电轰鸣的日子

而是在碧空晴朗的蜜罐里储存真情

将我的阴暗过滤　把光明呈现

即便你在天涯　我在海角

想起对方时

心相通的感觉　依然跃然纸上

依然能畅所欲言　毫无羁绊

依然你在我心中　我在你心中

如小溪涓涓流淌
历久弥新　甘甜醇香
也因了一个拥抱　而泪水潸潸

庆幸每时每刻拥有你
老白干酒般的情谊围绕我身旁
因为在我想你、念你的时候
你也在祝福和祈祷我

也因了我们的相视一笑
便爱上了老白干酒的绵延醇厚

2　古冀州城

远去的沧桑与尘埃
在此留下了印证历史的痕迹
书写着代表那时文化的符号
是一个个逗号
那是不断发展的积累
是一个个句号
那是喘息之后更多的奋起
是一个个感叹号
那是人们思想迸发的火焰

是一个个省略号
那是革命尚未完成
不断前行的自信和勇气

逗号　句号　感叹号　省略号
构成古冀州城——信都的内涵
只有牢记历史
才能发现更为广阔的天地
只有不忘初心
才能以乐观的心态　追逐心中的梦
撑起巩固挺拔的脊梁

3　因衡水湖畅想桃花源

一阵微风敲开
衡水湖的紧锁的心扉
沉淀许久的传奇浮上湖面
在阳光的灼热烘烤中
将心事娓娓道来
平铺湖面的每一角落

船在湖面行驶
船中人看掀起的阵阵涟漪

心情便随之雀跃、起伏、颤栗

春天已然存于心间

浪花浅吟低唱

萌动青春的活力

叫醒酣睡的激情

踏着浪尖奔向远方

把此时此形态的舟、岛、荷花

重回原始的寂静

放下慵懒　疲倦　睁开一双慧眼

在一次比一次高的起点上

找寻梅花岛上那个三生有缘的人

牵手　约定今生

看落日余晖　染红天边的彩霞

静静地吮吸桃花源

游离于空间的暗香浮动

4　清风自来——赠全体老师、诗友

有一种相聚　叫不舍

有一种缘分　叫命里注定

有一种祥和　叫逐水而居

因了诗歌　我们走到一起
因了诗歌　我们发现了美好
窥探生命中最真实的灵魂
绽放如愿的花朵
芬芳在途经的每段小路上
咀嚼甘甜的同时
也愉悦身边的每个人
扫除心灵的雾霾
惬意地呼吸清新明朗的空气

给心找个家，让心安静下来
总有碰触点与心的呼唤交集
热血澎湃着　激情燃烧着
来自不同方向的风
轻柔地抚慰着隐隐的疼痛
追求真切的善
点亮自己　照耀别人

在充满爱的世界里
甘做肥沃的土地
让大树的根无限延伸
请相信　只要真诚向善
清风自来

节振国颂

我站在烈士陵园里　看到你

想起　由于世事的纷乱

十四岁的你　远离故乡

在黑暗中寻求

在开滦煤矿做童工

历史洪流的浪涛磨砺了你

不畏潮流滚滚

威震冀东　振奋人心

曾被毛主席赞佩"好样的"

可上帝也有眨眼的时候

却不慎将子弹射中了你

——英雄节振国

一世英豪　一身正气

历史会牢记你

冲击时义无反顾的豪迈

你满腔的热忱

随时光的流逝而愈加熠熠生辉

纪念碑上刻下了您的名字——节振国

想起从前的你

勇于走在时代的前沿

为抗日救亡奔走呼号

山呼水应　森林崛起

大刀向鬼子头上砍去

你演绎"强将手下无弱兵"的传奇

虽然你英勇地倒下了

却永远在我们心中屹立

风吹不到　雨淋不腐　雪打不靡

——节振国

我们永远记着你

敬仰你　学习你

憧憬更灿烂的未来

灵岩寺的清明

灵岩寺的清明
天籁中融入了众多的禅言禅语
融入了多少思念和悲壮的情怀
这古寺曾经有先辈抗战的足迹

在小布达拉宫静坐沉思
为了祖国的解放和昌盛
为改变黑暗和屈辱的历史
有多少先烈
用鲜血迎来今天的中国
不管风吹雨打　秋露雪霜
执着地追求坚定的信念
唱响壮丽山河的雄伟
唱响傲霜的骨气　挺拔的脊梁

你看　清瘦的树枝已长出新芽
幼鸟的羽翼已日渐丰满
回归的大雁展翅翱翔天宇
崇敬便在追忆中复活　返青

感恩便在重温中延伸　　澎湃

是种子就该吐露新芽滋生青翠
是花朵就该竞相开放
是双桨就该冲破巨浪
是雄鹰就该搏击云头

灵岩寺人痛定思痛　　在袅袅升腾的烟火中
挑起革命的重担　　建设美好的家园
不愧对血染的旗帜
不掩埋血染的风采

灵岩寺的清明有风的狂扫
掺杂着几多伤感和力量
在财富塔前穿越历史
各个财神的思想品德和丰功伟绩
一遍遍地唤醒沉睡的思维和不屈的斗志
为了更多人的幸福安康而舍一己之力
有了"蓦然回首，那人却在灯火阑珊处"的惊喜

春天　生活　读书

春天的到来

取决于阳光的和煦

积蓄的温暖　引来

春风的呼唤　春雨的润湿

弹掉一冬的疲惫

伸展僵硬的身躯

做个深呼吸　吐故纳新

把目光放得更远

迈着轻松自在的脚步　目光炯炯

定格在一个又一个的飞跃上

让指尖流溢的爱

洒向空间　在遥远的原野落满希望

用色彩斑斓点缀每一角落

组合成笑语盈盈的人间喜剧

不忘初心　爱的奉献贯穿始终

生活从不曾欺骗任何人

她总是从容地指点人生的沉浮

在关键的时刻点头微笑

或者果断说出"不"

在她那游刃有余的智慧里

任我们如何聪明　也难以逃脱她的眷顾

走进潜规则　遵守规则的每个符号

解剖高深莫测的笃行

一次换位思考　胜过千万次的豪补

我们简单　她就还我们简单　快乐似神仙

我们复杂　她就还我们复杂　烦恼无穷尽

生活是强者的天堂　是弱者的地狱

生活是爱的照明灯　爱的蜡烛

我们爱生活　困难会绕着我们不敢拦阻

我们爱生活　困难会突破重围　快乐如火如荼

一分耕耘一分收获

只有爱我所爱　才能无怨无悔　一生伴随幸福

书中自有黄金屋

书中自有颜如玉

开卷有益　手不释卷

每个字词　都跳着舞蹈

展示着她独有的魅力

瞬间就有光芒在眼中射出

世界便如画面一般在眼前

以整齐的排列顺序

依次展开　让美延续

在甜美的氛围沐浴

接受营养　吮吸甘霖

把最美好的点滴植入最深处

收拢于脑海　把精华过滤出

然后笑着　再一次投入书海

尽情游畅　尽情回味

把一个个经典演绎得滚瓜烂熟

举一反三　绘制自己独有的蓝本

把原有的观点颠覆

登上新的台阶挥毫泼墨　拉开序幕

春光何等温暖　何等轻柔

轻轻烘干潮湿　激发韧性

远处的莺啼燕舞

近处低垂的柳叶

都以安详纯美的因素辗转于尘嚣

沉浸于书海之中

这天籁的声音是兴奋剂

更深层地融入书中的人物

想他们之所想

念他们之所念

或泪水涟涟　或浅笑低吟

或朗朗大笑　或陷入沉思

瞬间洗刷灵魂的部分肮脏

让最洁净的一面水落石出

焕发出日益完善的自己

翘首未来的宏图降临

人间便处处桃花源　处处琴瑟客栈

艾草的自白

我的名字叫艾草
注定一生忙忙碌碌
为他人作嫁衣裳
为我此生的夙愿画上圆满的句号

只要是为人民服务的工作
只要能在乎我忍耐的度量
我乐此不疲地尽我所能
并且呼朋引伴把世界装扮

能博得阳光和雨露的滋润
我更坚信自己信仰的正确
放飞希望把芳香甩向身后
在众星捧月的喝彩中脱颖而出

和众兄弟姐妹甘愿牺牲自己
换来健康赢得和谐的氛围
驱走严寒和黑暗的侵蚀
还世间以宁静安详　便永驻微笑

每一角落都留下我爱的痕迹
洒下温暖　憧憬世界的美好
油然而生轻松舒适的感觉
涤荡浑浊　清新空气　再现奇迹

霍山的东淠河

东淠河滋养了霍山的精灵

把霍山装扮成　粗犷豪放的帅小伙

见证了霍山的悠久历史

和变迁的沧桑

留下刻骨铭心的记忆

东淠河涓涓流淌

赋予霍山文化的自信

让每一寸土地都滋生曼妙

种下希望　收获绿色

无论走到霍山的哪一角落

迎面而来的都是植满葱茏的植被

东淠河欢腾着　雀跃着

掀起的阵阵涟漪填满柔情的呼唤

爱霍山错落有致的树木和花草

爱霍山高瞻远瞩的目光

把握现在　怜惜眼前　着眼未来

把霍山锤炼成眼中靓丽的风景

美的陶醉先从眼里投射到四面八方
反馈更有韵味的诗情画意

东淠河　悠闲着　哼着歌
遥望远处的小南岳
抚摸属于自己的柔情蜜水
顿感神清气爽　心旷神怡
青山秀水是金山银山
东淠河惬意地躺在霍山的怀抱
悠然地畅想
有了金山银山做铺垫
何愁霍山没有似锦的前程
何愁霍山没有令人耳目一新的创举

固县 填满我的思念

走进固县村
迎面而来的是
油葵花向阳的微笑
拂去了舟车劳顿的疲乏

尧母壁画随处可见
尧母的思想深入骨髓
沉浸在固县的文化氛围
静静地思索尧母的智慧结晶
大爱的内涵由此铺展忠孝仁义
爱心团队的棉被流淌无私的奉献

那是一颗颗火红的心在燃烧
那是真诚的呵护和直率的叮咛
我看到了希望的花朵正趋于灿烂
我看到了仁人志士进取向上的情怀
历史不会辜负不断更新、创造的精英

塑造新时代的新思潮

一草一木都沐浴着尧母的雨露

扎根坚实的土壤　播洒爱心的种子

把心放飞　遵从心的憧憬

寻求更美、更快捷有效的方式

展示自我　充实自我　完善自我

建设大爱固县　美丽乡村

固县就是游子眼中

那缕缠绕于心的乡愁

挥之不去　模糊了视线

回望固县整齐的街道

街道两侧的汉墓壁画

和对尧母的顶礼膜拜

一句话点亮我的双眸

固县　我还来

来看你蓬勃的斗志　美丽的容颜

让崭新的固县填满我的思念

为环卫工人点赞

当喧闹的街道恢复了平静
当拥挤的汽车停止了运行
这时您还在不倦地工作
当人们已经入睡
当繁华的夜市进入了梦境
这时　您还在辛勤地劳动
是辛勤的您——环卫工人
正为人们装扮着一个个崭新的黎明

每天您都用自己的双脚
丈量着城市的每一条街巷
清除着垃圾
清扫着灰尘
无论是污秽满地
还是积雪难行
哪里有污垢
哪里就有您奋战的身影
哪里有卫生死角
哪里就有您劳动的笑声

冬夜　被汗水湿透的棉衣变成了冰甲

夏日　被雨水淋透的衣服贴在全身

您从不叫苦　从不抱怨

一个城市就如一个佳人

内外兼修　表里如一

才能达到至善至真的美奂美轮

您有一双慧眼

眼下的街道

就是您的管理区　服务区

勤劳的汗水浇灌最舒适的环境

为了人民的健康

苦和累您认了

脏和臭您也认了

就是这样一些普普通通的环卫工人

把脏和累留给了自己

把干净和优美献给了别人

脸上洋溢着浓浓的满足感

争吵已成为过去的喧闹

城市的美容赏心悦目

有您在　渐行渐远的岁月平淡安详

童年的那一抹灿烂

童年的天空是蔚蓝的
心弦上悬浮的白云
随意洒脱　覆盖着睿智和精灵
看不清世间丑恶
却寻到了善良的心泉

童年的海洋是清冽见底的
双眸里涌出的泪花
真挚诚恳　滑落着感动和雀跃
辨不明人间的真伪
但觅到了关爱的片段

童年的追求是勇往直前的
拳掌有浸湿的热汗
意志坚定　流露出不屈和倔强
理不清向往的头绪
终铺设了平坦的旅途

你一直在我心中

——写给"心弦"聚会

·

你一直在我心中
这里众多的才子佳人
以曼妙的舞姿　深情的歌唱
以娴熟的文笔　饱蘸的墨香
共同书写着　一曲永远的笑语欢声
融入其中　聆听你呼吸的韵律
美丽我的眼睛　打动我的心灵

你一直在我心中
这里有精美的　缠绵悱恻的诗歌
也有荡气回肠　扣人心弦的小说
用文字勾勒心灵　用诗画演绎人生
度量着　汩汩流淌的岁月的标记
落入尘埃化成　平凡不失风韵的花朵
在爱的花香里　把深情送远
心无羁绊　共剪一条岁月小溪

你一直在我心中
折一枝莲荷菊蕊　道一声问候思绪

一份牵挂已蔓延　一份愿望已启程

一份虔诚含在心里　一份祝福深扎心海

给记忆　永不褪色的斑斓

守望着　命运安排的美丽的传奇色彩

一种鞭策

在这寂静的夜晚
独享一份落寞和安详
心儿不由泛起阵阵涟漪
清新的语言是你心灵的写照
不舍的眷恋在我脑海盘旋

你想我了吗　我在想你
想那分真切的痛　圣洁的情
仰望明月　分外明亮
写满了我的期待
一对明珠镶嵌　浸透我的相思
许诺今生一世的相牵
让满天的繁星　见证伴随的晶莹

月光下　我们深情相拥
血液的沸腾　目光的炯炯
足以刺穿　每一个阴暗的失望
唤起共鸣的畅想
在起点处　微笑地展翅飞翔
夜深人静勾起对爱人的思念　随着思绪写成

走在十一月

得知聚会的具体时间
期盼着　憧憬着
那个幸福快乐时光的到来
怀揣美丽的渴望
敞开宽阔的胸襟
携带真切的感动
飞向遥远的聚会

把酒举杯共庆欢腾
相互切磋内涵渐长
歌声嘹亮舞姿优美
吟诗作赋谱写挚诚

天虽寒　心却暖
各个脸颊镶嵌着笑容
温馨洒落每个人的心间
拨动快乐的琴弦
绕耳的歌声悬浮在空中
手与手相握　流溢真情

心与心相连　点燃青春

萌动和激情织就五彩的梦
风景停留在现场
蔓延到遥远的未来
让心灵的烟花绽放

雄鹰

——衡水"王文申候店毛笔"采风

湛蓝的天空下　春意盎然

柔柔的微风　拂过我的脸颊

亲切和蔼的叮咛　充实着我的心灵

我羽翼渐丰　思维逐步走向敏捷

狂热的执着追求　洒脱的处事言行

对美好世界的向往和憧憬

令我心潮澎湃　热血沸腾

检讨了过失　增长了勇气

遥望高远处的风景

双眸射出自信坚定的光芒

即使在最细微的空隙间

也不忘拥有扭转乾坤的魄力和风采

荡涤红尘的污垢

洗礼世间的尘埃

还心情于梅兰般傲骨高洁

集气质于竹菊般坚定脱俗

拓宽视野寻觅目标的方向
让我心飞翔直线上升

用蜕变的快乐　冲天的豪迈
点燃对生活的热忱
蔑视曾经的冷漠
怀揣着感恩和激情
跳跃出最曼妙的舞姿
俯瞰大地　积蓄阳光
收获一个全新的自我
翱翔于理想的天空
争雄于心灵的每一处纠结
争霸于世界的每一个角落

孩子　不要怕
——寄语高考学子

孩子　不要怕

在你历经沧桑的旅途上

有我为你注入青春与希望

坚定地走下去

每一步都是鉴定和欢快

为你歌唱　为你祈福

走过漩涡　走过沼泽

亮丽的曙光就在前方

孩子　不要怕

在你稚嫩的心灵里

有我为你支撑不屈与理想

满怀信心地走下去

每一步都有跳跃的浪花

洗去疲倦　洗去忧伤

蹚过无奈　蹚过辛酸

幸福的彼岸张开臂膀

孩子　不要怕

生活的坎坷
让我学会了从容和镇定
伸出你的双手
左手牵着渴望和梦想
右手牵着和谐与平安
昂首幸福的彼岸
让我们荡起幸福的双桨

七夕情思

盈盈一水隔两岸

一夏的相思成河

望穿的秋水成泪

我的牵挂在心中默默延伸

你的叮咛在脑海幕幕重复

怀揣一份缠绵而热忱的情愫

只为了这一刻的倾心相诉

忍受了三百六十四个寂寞的日子

鹊儿搭桥贺果敢

金风玉露一相识

胜却人间无数梦

我的双眸盈满你的如火如荼

你的胸膛覆盖我的柔情似水

有情人心相连情相通

共享千年吟唱的爱恋

走出五彩斑斓的未来

一尺
红尘

第三辑
爱在竹林深处

我的泪水，你的温度

走进你色彩缤纷的世界
撷取你绚烂的彩虹
平铺我思念的温床

一直在想　有你陪伴
分享靓丽　憧憬光明
分担忧愁　驱散黑暗

因为相惜　彼此爱怜
因为相聚　此生无悔
因为读懂　弥足珍惜

轻柔的微风　轻抚过我的头顶
吹走幽怨　让幸福停留
在你我的心底荡起浅浅的涟漪

我的泪水滚烫　顺着脸颊滑落
惊扰了你坦荡如砥的心扉
成为你永恒的温度

今生有缘

今生有缘
我们相聚在烟雨中
追述往昔的纯真与清澈
眸中的光彩放射着灿烂
飘逸曾经的潇洒和超脱

今生有缘
我们徘徊在月光下
仰望皎洁的月儿　微笑荡漾在脸庞
心儿阵阵颤抖　唇边写满幸福
救赎的黑夜如此明媚斑斓

今生有缘
我们牵手在爱的小屋
兑现你我共有的诺言
爱如溪流潺潺浸入彼此的血管
削弱了尘嚣的肆意逐流

今生有缘

我们孕育爱的果实
完成芳菲世界最成功的作品
蓓蕾的成长将世故的心洗礼
唱响激荡悠扬的旋律缠绕心怀

今生有缘
我们遨游文学的海洋
吮吸知识的灵性与永恒
寻求更高远的静雅和深沉
无休止地赏遍满目的彩虹

不要问我为什么

不要问我为什么
我唯一的爱唯一的恨
在爱恨错综交织中
难以理出爱多还是恨多

不要问我为什么
要在我无暇的作品上勾勒
色彩缤纷姹紫嫣红的完美
铺设平坦披上绸缎步入锦绣前程

不要问我为什么
心在流血　泪在淌
颤抖盈满整个心胸
世界是混沌的　黯然失色

不要问我为什么
酸痛如一潭死水
有谁知苍天无眼
泪水是苦　不是咸

我若是秋暮的落叶

祈求给我一个栖息地让我冬眠

我若是早春的泥土

祈求给我一地润湿解我干渴

此时　我是一叶漂泊的小舟

渴望微风暖阳送我回堤岸

此时我是一只带有残疾翅膀的雄鹰

蓝天的广阔是医治我双翅的良药

谁能告诉我

我的未来是不是璀璨的梦

谁能穿透我

我的心胸能否抵达彼岸的沧桑

地球在转　灵魂在投掷恩情

我茫茫中寻找支撑点

那是我希冀的嫩芽抽穗

不要问我为什么

心灵的颤抖

我是一支沾满雨露的芙蓉
你不经意间泛起的浪花
在我生命的长河震荡不已
接近你的微笑
染红我的双颊

凝视你的目光
阅读你的心迹
体会你的真实
感悟你的豁达

怀念盛开的心香一瓣
让花蕊享尽雨露的滋润
撩起悲伤的珠帘
让阳光注入心灵深处

渴求你无私的关顾
翻过一页崭新的篇章
滤过喧嚣敞亮心扉

筑起灵魂的壁垒

秋风吹来
捎去浓浓的思念
迎接未来　告别过去
植出郁郁葱葱的绿
明媚未经的小路

因为有你，世界才格外明朗

阳光照在身上暖烘烘

为我扫除阴霾

迎来心情的晴朗

为我晾晒潮湿

换来双眸如画的美景

青草为我欢舞

处处生机勃发

绿叶向我招手

手心里写满感恩

有你在我身旁

偶尔的阴暗算得了什么

有你在我心中

间或的挫折也能跨越

有你注入清泉

我干渴的心田就会得到滋润

有你播洒芳香

我麻痹的心扉也绽放如意的花朵

有你在

我滋生的嫩芽就会茁壮成长

有你在

我梦想的摇篮就会再次启程

有你在

摧毁我的懦弱树立我的坚强

有你在

不再惧怕遥远和陌生的寒冷

因为有你

我摇身一变性格开朗

因为有你

我吞云吐雾任凭眺望

因为有你

我心中的小船盛满希望

因为有你

我的世界才会格外明朗

原来你住在我心底

原来你住在我心底
羡慕你独特的才情
欣赏你从容的品质
赞叹你过人的睿智
就这样我向你挥手致意

原来你住在我心底
猛然想起你的帮助
依赖你的笑容如往昔
眷恋你的胸怀浸透心脾
依稀中我接住你的爱

原来你住在我心底
偶尔的争吵拉开了距离
你说每个人都有瑕疵
你说误会是无意
泪如泉涌我依然爱你

原来你住在我心底

风雨过后被记忆打湿

彩虹架起的桥梁连着我和你

芬芳的花丛有飘香的芙蓉

眸中的风景是绝美的神奇

相思雨季

桥　紧贴着河面蜿蜒绵延
雨　柔情地诉说着欢欣
脚　感触着碰撞的暖流
阳光　温暖着我的身心

你的馥郁葱茏
你的平凡卓越
你的潇洒热情
你的淡泊宁静

让我情不自禁地向你靠拢
烘干岁月留下的潮湿
编织多方位的梦想
双眸镶嵌你的温馨

滋润干枯的心田
摇绿无边的原野
徜徉在你的海洋
吮吸你泉水的甘甜

谁会拒绝心的召唤
谁会切断涓涓小溪
谁会舍弃梦的探求
又有谁不恋清纯的告白

潇潇春雨淋湿了我的思念
水的起伏摇曳着我的颤栗
垂柳依依诉说着轻柔
走在赶赴春天的途中
梦中身披绿装的相思雨季
是我最后的家园
让遍开的心事一尘不染

雪夜的思念

走进被雪雕刻的世界

心陡然安静了许多

听脚下踏雪声

任凭天上的雪花飞

落在我的肩膀　落满我的发梢

晶莹的雪水和燥热的心绪搅拌

遥远的凝眸在此刻也已凝固

是不是心的期盼也会凝结

春花秋月　是人间美好的蜕变

不知我能否迎来永恒的拥有

睫毛挂满霜花

是思念的泪水在徘徊吗

雪塞满双手

凉到喉咙　痛在心底

一个形象清晰地在脑海渐渐放大

伸开双臂拥抱入怀

我至亲的人

奈何走不进你的心房

暖我冰冷的心扉

融化成水了

就不再流动了吗

手机铃声响起

是你听到我的呼唤

带着微笑行驶在路上

你来了，春天就来了

你来了，春天就来了
冰封的心扉就摒弃伤感和凄凉
在阳光的抚慰下绽开了欣喜
吸吮着温暖　敞开了胸襟
满怀感恩的心情回复醉人的微笑
在成长的旅途中写下精彩的诗篇

你来了，春天就来了
播种下希望的种子在心间发芽
思绪的表达告别语言的苍白
憧憬着新面貌的娇柔妩媚
欣赏着此起彼伏浪涛的传奇
在浓浓的乡愁里品味醇厚　久远

你来了，春天就来了
神州大地一片勃勃生机
你如泉的双眸闪动着我的飘逸
迸发喜悦的音符奏响春之旋律
容纳我的沧海桑田

为我重塑五彩的光环

改写人生的调色板　雕琢至臻的相思

你来了，春天就来了

你在山之巅　我在水一方

让所有的约定　所有的翘首以盼

源源不断地吸取大自然的润泽

落地生根　瓜熟蒂落

慢慢拥有荷花的情操

在人生的平台翩翩起舞

面朝大海　享尽春暖花开

珍视手心里的宝　看夕阳的壮美

遇见远方

不止一次地想念远方
想念远方的你洞察我心扉
轻轻地将顺我杂乱的思绪

多少次梦中与你相遇
温馨的气氛让我笑出声来
醒来却发现梦的虚无

于是我抱紧瑟瑟发抖的自己
呼唤远方　呼唤让我停泊的港湾
享受天籁般的宁静和无忧无虑的欢笑

在我疲惫不堪即将放弃的旅途中
遇见远方　遇见远方的你
正笑容可掬地向我走来
敞开你博爱的胸怀
挽救我奄奄一息的激情

我便在爱的葱茏中蓬勃

长成为你笑为你绽放的玫瑰

鲜艳无比又含蓄羞涩

我和远方　远方的你　撞个满怀

一汪清泉闪烁光芒　灼热了你的眼睛

银铃般的笑声回荡上空

雨的心事

我是一雨滴
因为心里含有太多的思念
悬浮在空中　把相思汇聚
在期待着一个奇迹的到来
瞬间把我的灵感升华
以诗歌的形式逐层攀岩
把众多欢蹦乱跳的元素一一列出

我猛然看见了
那个穿蓝底衬衫的英俊帅哥
正左顾右盼地寻找着什么
哦　我的情郎在等我
把凯旋的乐曲唱响
满腔的激情倾泻而下
将膨胀许久的亲吻
轻轻落入你唇的中央

看着你陶醉的神情
我情的抒发愈加痴狂

197

第三辑　爱在竹林深处

我的大放异彩
与你的酣畅淋漓融合在一起
低声倾诉我的心事　你的欢畅

一尺红尘

从呱呱落地的那天起
我们就坠入了红尘
双眸里看到的红尘的清爽与纯粹
只需要在静静的一隅
深深吮吸　慢慢体悟
美的点滴就会积少成多　集腋成裘

就如一朵花的盛开
要吸取足够雨露的滋润
足够阳光的温暖
才能绽放倾国倾城的容颜
与沉鱼落雁　闭月羞花
相媲美　压倒琐粹而勇夺魁首

其实　想达到这些
我们并不需要太多
只在全力以赴的范畴中
展现最好的自己足矣
到那时

会情不自禁地无限感慨

微尘——一尺红尘

你是我天天的朝阳

你是我夜夜的月圆

若落红无情

人生若只如当初
谈笑风生　不断有阳光涂抹风景
该是一个　质本洁来还洁去的超脱
思想融入宽容　谅解
这个世界便不再有抱怨和伤感

付出是爱的表现
付出越多　得到越多　思想越纯粹
细节完美着和谐的氛围
即便是片片落红
也捧在手心　爱不释手
此时无声胜有声

若落红无情
我亦微笑　亦坦然面对
角度不同　轨迹就不同　答案也不同
留点时间　留个挣扎辩解的空间
这也许就是你我一个成长的过程
一个走向锦绣前程必要的环节

若落红无情

我亦微笑地鼓励　按既定的计划前行

也许我是天空翱翔的大雁

也许你是潜藏深海的蛟龙

虽然永远不能相交

但一样的心声呐喊出来

即可在空中、海底交集　回荡

让年轮写满从容

日新月异的变化
着实有点招架不住
回望儿时的天真无邪
从一张纯洁无暇的白纸
到刻满色彩缤纷的懵懂岁月
随着年轮的递增
涌动多少向上、憧憬的思潮

从燃烧的青春岁月
到中年　到如今的年过半百
每增加一个年轮
就如人生旅途中登上一层台阶
每增加一层台阶
就会看到更美的风景
就会有更深刻的感悟
就会看到更空旷的世界
浮躁的心也慢慢沉淀过滤

独享静谧、灵魂摒弃云雾升腾

看世界的眼睛越发的灵动
把喧嚣下的纷繁一一理清
学会了微笑　学会了平缓
在双手合十的坐禅中
让年轮甩掉沧桑　写满从容

如若初见

时间慢慢流逝
我们已一起走过数月
从当初对理想的憧憬
转为如今的正在进行时
我们融入了真情
融入了包容和理解

说话便随意起来
虽是好意　虽是玩笑话
却在不经意间灼伤某个朋友
请不要见怪　原谅他的一时失语吧

一枚树叶的偶然坠落
或许是风吹的缘故
并不是它的本意
而一枚树叶的飘零
并不影响整个春天的妩媚

因为文字走到一起

本身就有剪不断的缘分

还原最初那颗善良和纯洁的心

让我们在和谐友好的氛围里

快乐自己也快乐他人

开辟一条不断

挑战自我的人生之路

让鲜花锦簇　让笑容灿烂

一尺红尘

旁白

花丛中　姹紫嫣红夺人耳目
中间一处空白
给花儿留下吸吮
阳光雨露的旁白
能得以畅快地成长和创造

密林中　成荫的枝叶相互覆盖
偶尔一束光芒摄入
给众多树木以仰望蓝天的自豪
外面的世界无限美好

一幅画卷中　疏密有度的旁白
能给人留下无限的遐想
使画的主题得到更好的升华
思维的畅想天马行空
想象的潜力挖掘得淋漓尽致

生活中　朝夕相处的夫妻
你给我留一份旁白

我给你留一份旁白
在独思中　你发现我的优点
我发现你的优点
在彼此包容中容纳对方的缺点

处处留有旁白
是对待生活的睿智体现
也是扩大思维的模式
处处留有旁白
人生美的境界层出不穷
目光也会越看越远
我渴望旁白　憧憬旁白

再出发

从灿烂中起步
我们笑着　唱着　起舞着
一次次成绩的出现
是对过去辉煌的肯定

我们着眼未来
前方总有靓丽的风景
向我们挥手致意
这个世界不缺少美
相信只要信心百倍
美的光环会一次次笼罩头顶
心情便兴奋不已豁亮不已

踩实脚下的土地
步步为营　目光投向远方
过去飞翔过　以后还要继续飞翔
以坚定为起点
努力为过程　向着心中的目标
再次出发

风起的时候

阳光明媚　照在人身上暖融融
选择崭新的角度　适宜的方式
把爱心发挥到极致
烘干所有阴暗的角落
让光明指引前进的方向
在路上寻找最佳的突击射点
恰在此时——风起

风起的时候
心中有一面旗帜在飘扬
鲜红而炽烈
燃起熊熊火焰
鼓起不服输的勇气
灿烂自己　快乐别人
视野慢慢扩大
眼中的绝美闪着清纯和纯粹
世界将不再喧嚣　不再战争频频

风起的时候

恰好我依偎在你身旁

给你清爽　给你足够的温柔

把空间的距离不断拉近

两颗心面对面　零距离

风便为你捎来安全抚慰伤感

两颗心同力　何惧海角　何惧天涯

风起的时候

耳畔只有微风的私语

深呼吸　我就是世界　世界就是我

心的常态　如潺潺流水

不急不缓　悠然从容走过一程又一程

顺着天边的彩虹奔跑着

要让彩虹成为连接你我他快乐的桥梁

彼岸花开

我在此岸
遥望彼岸花开烂漫
从晨曦望到星辰眨眼
从青春望到耄耋之年
彼岸花开从未停止闪烁
那灼人眼目的光芒

从此岸到彼岸的距离
好像就是一个定数
无论我在山巅
亦或在水一方
彼岸的你
也好像在追逐着什么
总是和此岸的我
保持固定的距离
不远不近　不偏不离

这个距离足够我看清
你的体型　五官

包括你眼里的神情

眼前的山呼海啸　静水深流

再次擦亮我模糊的双眼

伫立在原处　站成雕塑一般

祈祷春风将生命的誓言传达

愿彼岸花开依然如故　依然浪漫

不受任何纷扰的侵袭

包括来自此岸的一帘幽梦

爱在竹林深处

你从冰封的北国
飞进神秘的竹林深处
在填满爱的快乐驿站
皎洁的月儿融入宽广的大海

你是那潇潇春雨
滋润着干旱的芳草地
你是那出水的芙蓉
把芳香洒满竹林深处

我想对你真诚地　发自心底地说一句
回来吧，亲爱的朋友，复杂的环境
让我不能没有你的支持和鞭策
不能让快乐温馨的氛围就此搁浅

你可愿做我的翅膀

我多想　有一双轻快的翅膀

飞到你身边　与你比翼翱翔

去领悟　你率真的美

蕴含的　淡淡的微笑

深深的依恋　殷殷的期盼

陶醉其间升华自身的修养

用我挚诚的芬芳　感染你洒落一地的花瓣

我多想　有一双轻快的翅膀

梳理杂乱的思绪　放飞梦想

投入你的怀抱　喃喃细语

用我宽阔的胸怀　接纳你暂时的脆弱

为你逃避的理由　做合理的释放

让你对世界有　清新纯美的展望

我多想　有一双轻快的翅膀

去洞悉你优雅的文字组合　完成的诗歌

感悟春的萌动和激情　织就彩色的梦

你温暖的笑容　浇灌着忧郁的表情

粘连记忆的碎片　任心灵的烟花绽放

在霞光里翩翩地飞舞着　映着绯红神情倔强

我多想　有一双轻快的翅膀
去理解你精灵般的伶俐　写满对爱的歌颂
美丽了我的眼睛　打动了我的心灵
风儿轻轻吹来，掠过头顶那轮光环
装饰　我的封闭已久的心房
给我带来慰藉和灿烂　星星点点地点缀着

你是我心灵唯一　展翅飞翔的净土
蓦然回首　在那灯火阑珊处
你可愿做　我展翅高飞的翅膀

等待

花儿等待雨露

等待雨露的清新纯净

滋润即将干涸的花蕊

她虔诚地盼望　默默地憧憬

两腮掠过绯红　双眸写满期待

寻找一片温馨　佐以短暂的休憩

寻找一丝清新　以求长久的渴望

寻找一点细节　窥探深藏的秘密

天边映满早霞

太阳露出羞涩的笑容

缓缓升起的热情　在内心燃烧着

小心翼翼地将澄清的露珠

轻柔地洒向花儿

遍及每一个小小的花瓣

尽显温存和关爱

她的每一寸肌肤都渗透着晶莹的润湿

望着降临的幸福花儿落泪了

泪水和阳光的雨露融合在一起

轻松愉悦贯穿整个身心
从此旧貌换新颜
杜绝阴霾迎接晴朗
崭新的世界出现划时代的飞跃

一尺红尘

今夜，让我静静地想你

独自坐在角落
仰望漆黑的夜空
黑暗萦绕我的心房
缓缓渗透逐渐变得清亮
静静地理清杂乱的思绪
拾起心灵的碎片
折叠成厚厚的期待延续渴望
让心底涌出的芬芳
晶莹每一段无悔的缠绵
为你弹奏一曲琴瑟颂歌

月儿露出皎洁的笑脸
霎时间把微笑给予天籁的世界
穿透伤痛的触点
润湿干枯的情感
飞往远方　你的召唤填满胸襟
星星点点是我对你的思念
映入你的眼帘　镶嵌我的脑海
兴奋汇聚指尖暖融融

历历在目的是纯美的画面
惬意的微笑　刻骨的激情

已被点燃的情感火种
心灵的烟花在绽放
心狂跳不止
情漫天飞舞
温暖的怀抱
柔顺的轻抚
灿烂你我永恒的记忆

抛弃喧嚣　守望宁静
一个个美妙绝伦的瞬间
顷刻间洒满一地的柔情
让我陶醉让我雀跃
让荡起的涟漪充溢着芳香
今夜　让我静静地想你

倚红尘岁月

我倚在红尘岁月的缝隙间
回味着逝去的深情
错过的流水满含我的幽怨
熨平一路的坎坷曲折
洗礼繁华　淡去喧嚣
揉搓四季的皱纹

前世今生漂泊不定的我
在墨香溢满杯盏的季节

找到了心仪已久的你
于是你我携手创造了人间的奇迹
幸福的种子在心灵深处蔓延
感恩雨露滋润干涸的心田
照亮我记忆的溪流
把光环缠绕在今生的邂逅中
独享醉我心扉的欢畅

初恋

清风　明月相伴
平静胸中的喧嚣
明亮黯淡的目光
洞察你的高大魁梧
享受我的娇小怡人
你分担我的忧愁
我分享你的成功
给漂泊的心灵永恒的坐标
给不屈的魂魄坚实的理由
谈天论地
看双眸间升起的靓丽画面

明月　清风相随
串串珍珠凝成琥珀
点点记忆汇成溪流
阳光在心间融合
风雨在空中伴舞
花开花落一样珍惜
云卷云舒亦为欢畅

明月里镶嵌着情深意长
清风里融汇着温馨体贴
载歌载舞
对着太阳升起的地方微笑

我是水　你是苗

我是水　你是苗
我的怀抱是你停泊的港湾
你的情感是我快乐的驿站

我是水　你是苗
我有足够的宽容接纳你的任性
你把沁人的馨香洒向我的身体

我是水　你是苗
我把思念寄托在你成长的历程
你将灿烂浸透我生命每一起点

我是水　你是苗
我多彩的世界由你细致地描绘
你干涸的心田由我精心地滋润

我是水　你是苗
我融化你的寂寞嵌入明媚的阳光
你点燃我的痴情采撷绚丽的嫣红

我是水　你是苗
我拥抱你厚重的渴望走天涯
你抚摸我似水的柔情伴旅途

温柔中的灿烂

冷冬吹落繁华　带走容颜

存一瓣心灵弥漫的香馨

让我渴望的心月满西楼

身边飘满你的温暖

与你共吟一曲窈窕的情歌

惹起我满心浪漫的温暖

我的前方便是艳阳高照

宛若一群轻盈的玉蝴蝶

在空中翩跹起舞

凝成一滴温润的水珠

晶莹剔透的微笑浸透我的心

绣出今生最美最深的爱恋

我的相思溢满万顷心湖

你的馨香四溢醉了我的一帘幽梦

我痴守一抹柔情

与你融合在时光深处

刻满最原始的超脱的人生斑斓

我的思念里书写着期盼

剪一片月光做一束爱的信笺

怀揣一缕柔美的思念

遥寄给远方的你　此时

我愿做一朵雪花　嫣然一落

融化在你的唇边

点燃我们一生的爱色

携一缕温暖，展澄净心灵

我暖暖地簇拥着你
走进没有世俗喧嚣的境地
并肩躺在处女地的芳草绿茵
把含苞欲放的蓓蕾轻轻含在嘴里
隐隐的低吟弹奏一曲爱的气息
喷涌成青春流淌的小溪
润湿芳草萋萋的鹦鹉洲
带着爱尽情地飘来吧
春风一到　融化成奔流的爱河

揽一分人世盛开的柔情
存一瓣心灵弥漫的香馨
泛起你一腔汹涌的绿波
映射出一幅澄净心灵的画卷
一路欢歌　我将携着你的爱
感激红尘中地老天荒的邂逅
享受月光下雪花飘舞中美丽动人的琴声
在我未来的流年里舞出芳华
向往着　等到春天

融化在我的爱河里

泛起万丈碧波

吐出骨子里万千的纯真情怀

并蒂莲

你我共有的根
在水中吸取营养
接受阳光的爱抚
染红你我的容颜
虽陷泥泞心却洁净

心心相照灵犀相通
淡去喧嚣洗礼污秽
相视含笑送走落日
牵手迎接每一轮朝阳
你我抖落的是岁月的沙尘
留在内心的是温馨和洁净

我给你融进春的气息
你给我洒满夏的热情
你是我心中的一片落红
烘干我雨季的思绪
我将携着你温暖的浪漫
敲打你疲倦的身心
舞出属于我和你的靓丽

暗香拂来，温馨伴我

这个冬天　凛冽的寒风

刺穿我的骨髓

太多的无奈已打捞不起

唯有依偎你的胸膛

将一腔凄凉的失落

揉碎在你雀跃的情怀里

去收获成熟　从容抹去

额上的尘埃和心底的残渣

不再有寒冷的感觉

弹响节奏欢快的曲调

这段旋律滋润我生命的须根

随着岁月的流逝愈久弥新

幸福的感觉慢慢放大

我是你凝结的晶莹

在红尘中　我们相知

蜿蜒成一个圆圆的梦

折叠成众多的心愿

写意一分理解　一分豁达

融化的深情厚意里

泪水注满了爱滑落腮边

我嗅到一股暗香

弥漫头顶的上空

流向血管浸透血液

消除对遥远的恐惧

擎着真诚　洒一路温馨

相伴在变幻的季节共勉

岁月如歌，相忆一生

经历如风的岁月
万缕情愁蘸入饱满的心思
心弦荡起轻浅的涟漪
我的泪水滚烫为你欢喜

淌过似雨的缠绵
明亮的双眸过滤红尘的繁杂
脑海呈现深沉的相思
我的泪水咸涩为你祈福

走在布满霜雪的旅途上
你抹去我的凄凉　晶莹我的思绪
抚摸受伤的疤痕　苦与甜交替
剪一缕情丝绚丽心坎

没有错过缘分的怜惜
没有惊醒彼此的梦境
没有奏响人生的悲愤交响曲
挽一丝牵挂相忆一生

听海

静静地听潮起的精彩
那汹涌澎湃的气势
正吻合翻滚的思念
一浪高似一浪
每一处起伏的波浪
掺杂着倔强不屈和勇敢
那是浪的声音在呼唤
呼唤一种真性情
一种生生不息的眷恋

屏气凝神听潮落的涟漪
一切都回归自然　回归静谧
从未有过的轻松
惬意的感觉悄悄淌遍周身
似乎听到那个毫不吝惜
给我轻轻柔柔爱的人
给我一双装满乾坤的手
背着我的梦想　揣着我的心思
陪我走到天涯　走到海角

点亮那个复活村庄的诗情画意

从此　能入我眼的

都是绝美的化身

眼中的清泉荡漾　翩翩纷飞

掬一捧玉液琼浆湿润喉咙

喊出最荡胸生层云的吐垢纳新

上帝和我擦肩而过

唯恐扰乱我的心思

沉醉于欲滴的关爱

沐浴爱的溪流　绕过小脚丫

第四辑

情醉沐浴心海

你是我最爱的人

有一种爱在不经意中萌发嫩芽
在相互欣赏相互吸引的过程中
磨砺成珍珠蜕变成琥珀
成为一生一世的最爱

你无与伦比朴实的表白
你的懂得和谦让
你牺牲小我迎合大局的情操
将我牢牢吸引
便有了一种冲动在心海汹涌澎湃
我要演绎爱的传奇洞察爱的呵护
不再让你被岁月啄得累累疤痕的心
受一点风雨的侵袭雷电的拷问
把恒温的爱永久地注入你的身躯

有你我才不孤独
有我你会更精彩
看你满面春风
让每一细节滋生欢歌笑语

我便是最幸福的人

你便是我最爱的人

值得用一生的时间与你相濡以沫

与你相伴到幸福的终点

不为别的

只因为

你偷走了我的情

成为独一无二的守护神

思念一个人是如此的痛

有多久没有你的消息了
有多久没有听到你的声音了
远方的你可否知晓
没有你的关怀　这一天多么漫长

听到莺啼　看到燕舞　我却针扎般地心痛
看看飞驰的列车和大巴
衔带着我多少相思的愁绪
南来北往的燕儿可否捎去
我刻骨铭心的牵挂和丝丝缕缕的埋怨

心痛到肝肠寸断望天涯
才轻轻地撩起想你的卷帘
任思念洒满整个天空
与悠悠的白云一起
将爱情进行到底
融入大地的怀抱
爱情的坚不可摧便有了掷地有声的灵犀相通

远方的你此时也在静静地想我吗

想我的任性、想我的娇柔

想我爱你的心　如东流之水潺潺流淌

你占据了我的心　占据了我的梦

看山　是你伟岸的身躯

看水　是你博大的爱心

自然界的景物　无论花草虫鱼　风雨雷电

处处都有你彰显的温存

点缀着我的回眸一笑和百媚千娇

是否还曾清楚地记得

你牵着我的手奔跑在原野

你双手怜惜地捧起我的脸颊

还有你轻轻的吻　紧紧的拥抱

都在我的记忆中绽放永不凋谢的花朵

陪伴我到天涯　到海角　到桃花源深处

思念的泪水如泉涌出

阵痛的颤栗如影随形

我们的目光是不是能在南来北往中交汇

我们的爱情是不是可以疯狂到忘了彼此

而让迸发出的火焰呈现心形唱着眷恋的歌

思念一个人如此的痛

痛到支离破碎　痛到完整一体

爱你没商量

我知道在遥远的角落
你在关注我旅程中是否疲惫
你为我的顺境而笑　为我的逆境落泪
你无法解开我桎梏的枷锁
只好做一个知山水　不言山水的隐者

直到有一天我自己挣脱了枷锁的束缚
走遍天涯　走遍海角　执着寻求
冥冥中为我降临的那分痴情
脚磨出茧子　拐杖伴我丈量思念的遥远
许多愁载不动　相思成疾泪雨潸潸

是你感知我压抑的厚重
感知我背后向往　采菊东篱下的悠闲
才毅然决然地出现在我经过的小径
掸掉尘土、卸下我沉重的行囊
给我阳光般的温暖　重塑失去已久的傲骨

有你调剂着生活的苦辣酸甜

有你遥指杏花村的温馨和酒的醇香

打开了我挑战的心窗　姹紫嫣红便映入眼帘

畅游在希望的原野上、爱恨情愁闪着不同色彩的光

在一个又一个超越中

你帮我打开欲飞的翅膀

世界蓝图的曼妙就定格在深潭般的双眸

如水的淡泊演绎别样的温情

对爱的诠释　浓妆淡抹总相宜

你磁性的声音让我魂牵梦绕

期待绿荫丛中许下相守的诺言

在风云变幻中相互扶持

撑起粉红色的花伞诉说海枯石烂的传奇

在心的一隅　刻下五个大字　爱你没商量

你眼中的我

喜欢就这样静静地看着
你眼中天真调皮澄清透明的我
融入你的世界我的天空不再阴翳
一种期待　一种无法表达的情愫
让我振奋　给予我能量　让我不舍

喜欢就这样静静地看着你眼中的我
因为那里有我的爱恋我的真挚的情意
看着你眼中的我　那是最真实的我

我可以随心所欲　任我描绘色彩
想哭就哭　想笑就笑　交换你我的快乐

喜欢就这样静静地看着你眼中的我
深情地相拥　幸福花开满心间
那一刻仿佛时间停止在我们爱的永恒
任思绪飞扬耳畔中想起柔柔的话语
共同走进亚当夏娃的伊甸园
尽情畅游让云儿也垂涎欲滴

喜欢就这样静静地看着你眼中的我

重拾记忆　重温孤独　重现自我

葳蕤的希冀　青翠的憧憬　永恒的封面

定格在心底　照彻我的相思铭刻脑海

不管是刁蛮任性还是张狂顽皮

都需要你的包容　因为心中牵挂的只有你

丫头和丑娃

丫头想丑娃　空闲时　总在痴痴地想　展眉一笑
丑娃想丫头　独处时　总在静静地想　会心地笑

丫头想丑娃　快乐时　有丑娃陪伴　应芬芳灿烂
丑娃想丫头　尽情时　有丫头相随该浪漫无比

丫头读丑娃　清晨时　如朝霞般缓缓升起　让明朗心情伴随左右
丑娃读丫头　傍晚时　如夕阳般徐徐落下　让愉悦兴奋解除疲劳

丫头读丑娃　云卷时　让思绪在飘香的记忆里畅游舒适而温暖
丑娃读丫头　云舒时　任微笑在涓涓的回想里流淌惬意而激情

饮水思源

思绪随风飘落在此时
祝福沿路芬芳在远方

怀揣着美丽的邂逅
揉搓着醉人的温柔
在心海涌动波涛的怒吼
让不绝如缕的思念破堤而出
堵在心头的墙灌成朴素的言语
寻找真诚的呼唤牵引爱的透明
随着潮起潮落，海边留下晶莹
每一个生活的细节渲染内涵

借一片春雨滋润你灿烂的笑脸
飞一缕凉风拂去你忙碌的疲倦
岁月流逝的痕迹呈现在你我的额头
化作思念轻轻流淌于层层云海

得知你的消息　我情不自禁欣喜若狂
感受你的体贴　我倍觉暖意增加

凝望你的眼睛，我发现靓丽的自己
浮现你的微笑，我知晓爱情的力量

你是我的灵感，灵感创造了我
面对你时的羞涩如水，柔情万般
是你救助了荒野中的我
让我感知雨的淋漓，风的凉爽
让我感知云的飘逸，雷的坚定

在经历了风雨雷电交加的时光
我所深爱的人：你好吗
是否记得曾经落泪的芙蓉

水和鱼

鱼儿懒散地躺在水的怀抱
因为她知道这里是
她寻觅已久的栖息地
水也展开自己宽广的胸怀
迎接这迟来的爱恋
拥抱宁静的温馨，亲吻如约的震颤
彼此的心有灵犀叩响了冰封的雪山
痴情柔美的爱，潇洒烂漫的情
质朴的表白　火热的倾诉
融合在天水一线的景色中
绘制甜蜜的梦想　抚慰曾经的伤痛

你是水儿，我是鱼儿
水儿倾听鱼儿的诉说
鱼儿感触水儿的温暖
由衷的想念使美丽的鱼儿更加美丽
彻骨的怜惜使浩瀚的水儿更加豪放
水儿依恋自由自在的鱼儿
鱼儿崇拜碧波荡漾的水儿

相依相伴，朝迎彩霞，暮送夕阳

彼此慰藉，一生一世，不离不弃

情醉沐浴心海

静静地凝视你，调皮地眨眨眼睛
再冲你诡秘地一笑，真好
深情地看着你，高兴的心想跳出，嘴也合不上了
晕啊

是你，在我快乐贫瘠的心田，播撒了喜悦的种子
让快乐不再贫瘠，把喜悦写在脸上

你的善良纯真，让我爱上你
你是我的快乐宝贝
你是我的幸福天使
我的心中再也容纳不下他人

那我要你做一件事
你能做到吗

说吧
能做的一定做到

我要你永远幸福，永远快乐

谢谢宝贝
宝贝，我爱你
今生不离不弃
来世再续缘情

看到你开心地笑，我心陶醉了
盈盈的目光里投射出对你的依恋
款款的深情给予你无际的真爱

为你滴落串串相思泪
相思的心，不安分地跳着

我在夜色中仰望天空，寻觅属于你的那颗流星，你看见我了吗
我在睡梦中寻找你的踪影，呼唤你的名字，把自己吵醒

你的威武潇洒，恍若就在眼前
你小鸟依人，柔情万种

相信今生你我相偎相依，定能谱写绚丽人生答卷
坚信今世你我牵手相携，一路镌刻真爱人生美丽篇章

轻舟波澜

满心的欢喜浓缩爱的精华
真挚的情意凝聚心的牵挂

我愿做绿叶捧衬花的美丽
我甘为蜡烛凝望树的茂盛

幸福含在盈盈的泪光中晶莹剔透
快乐蕴于朗朗的笑声中酣畅淋漓

兴奋的心跳着绚丽的舞姿激荡着情感的高潮
满面的红光演绎着绽放的花儿映照着水波涟涟
思恋的情感在脸上吻出朵朵红霞
相知的夙愿在胸中涌起阵阵涛声

共赏明月话心扉

你我和着节拍

在舞池翩翩起舞

优美的旋律将你我带进爱的里程

思绪的飞扬让你我

陶醉在爱的氛围

洋溢的笑容交替着爱的花絮

我深情呼唤你，找回那个失去的记忆

让它在头顶萦绕，在心中绽放

追随永恒的怀抱，亲吻如约的震颤

化解你倦怠的神情

镌刻心底最深的印记

今晚月圆树梢上

将所有乌云散去披挂蔚蓝

呈现出绝美供你我共赏

如陈酒一般甘冽沁人心脾

如此良宵美景在四眸间闪烁

聚集了情爱的焦点

飘逸的云，皎洁的月

精灵的星，轻柔的风
构建的纯美的笔锋迎面扑来
你我共赏明月话心扉

第四辑　情醉沐浴心海

凝望你的双眸

专注着凝望你的双眸
心就被你的亲切感染
写满沧桑的双眸
透露着平和朴实和深沉
最真实的你毫无掩饰地
展现在面前

激昂的情绪由此而飞扬
飘散了我的点点忧愁
凝结快乐的元素翩翩起舞
为你抚平伤痕
带来会心的欢笑
悬浮在你心间
温暖你受伤的心
守望你的灵魂
如玉般晶莹剔透
镶嵌我曾浮躁的心
给予我宁静

此刻有种欲飞的冲动

让折断的翅膀重新愈合

飞抵你宽厚坚实的臂膀

在繁华落尽，洗尽红尘时

拥有一份属于自己的风景

在铺满阳光的大道上

印下你真实的渴盼

捧一盘温馨果香

为你的梦铺垫幸福之路

晾晒一片潮湿

烘干飘零的身影

掬一汪甘甜洒满心间

艺术人生上有你，也有我

携手并进灿烂的里程

情深深　意绵绵

太阳写在你的脸上温暖

普照你冰冷的容颜融化

慰藉你孤寂的心　热情

让你的心绪放飞　高昂

让你的思想自由　奔放

想握紧你的手，轻声说一声：你好吗

感动缠绕我的心房

无言是对你最好的回答

泪水打湿了我的眼睛

让我懂得什么是　心灵的颤动

怒放的心花回荡着优美的旋律

伴随着节拍三尺绕梁

没有愁郁的目光

只有莫名的感伤

一屏之隔　需要我终生的守望

你是我　最灿烂的感动

渲染着我今生的情谊

张扬着我　今生的畅想

因为有你　就会有更多的欢乐拥抱

因为有你　就会有更为贴切的目光炯炯

撩起秀发　你的思绪几多

眨眨眉睫　你的轻愁掠过

拍拍我的双手　把烦恼丢掉

记录下心灵的跳跃

淌过一股股温暖的甘泉

今生有你　在生命中走过　就足够了

今生与你相识　我会永远珍惜

你是我生命的经历

我会把你刻在心里

心系感恩
——写给我的爱人

我给爱注入了涓涓泉水

你因此而生机盎然

你将爱平铺在我的脊梁

我也因此享受

你的坚实臂膀　温暖怀抱

任思绪浮想联翩

任目光炯炯放射光芒

舒展的笑容　惬意的感觉　悠悠的情思

久久地凝视着你的双眸

我读懂了灿烂和激情

洒落在我的身上迸发炽热在燃烧

你的微笑我的欢颜融合在一起

字字缠绵，声声婉转

滴不尽的相思血泪浸染双颊

甜甜亲吻，美美思绪

穿不透的月儿皎洁洒满清辉

遍及你我的每一个角落

走在爱的旅途

是溪水潺潺

温柔地淌过每一寸肌肤

真诚地祈祷　携手走过余生

爱之真，情之切

你在我心里　涌出一股股爱泉

甘美的泉水荡起涟漪一圈圈

叮叮咚咚环绕在我耳畔

演奏绝美的乐章

每一个音符都是爱的畅想

眼前呈现　你的拥抱　我的柔情

如痴如醉　飘飘欲仙　返璞归真

你的双眸里有　我常驻的身影

你的身影里有　我美好的期盼

如影随形的信念　演绎纯情的诗篇

美妙的文字记录　精彩的爱的瞬间

让甜美定格在瞬间

散发应有的七彩

让云霞动容在高天

自由自在地穿行

悬浮的兴奋挥舞

潇潇雨露洒向世间

天马行空正破浪乘风

感动于伊甸园
创造的奇迹普照你我

赏天堂的美景
令你我不禁悦目怡情
凝望害羞的月儿
永世的清辉下祷告安康
人间的情侣道不尽缠绵
说不完太阳般的温情
拨动你爱的琴弦
深埋在我心底歌颂　灵犀相通
舞动你深情的丝带
时时刻刻把潇潇春雨恭迎

有爱的日子真好

我的生命因你而延长
我的泪水也因你而炽热
我的目光也因你而遥远
满含的泪水簌簌地落下
才深知自己厚重的思绪
如此宽广如此情深意重
一种感动时时敲打着我
让泪水情不自禁地涌出
载着热能感知那分真挚
泪眼模糊的瞬间看到了
你朴实无华的心灵
一如既往地闪着耀眼的光
因此让我成为最幸福的人
溢满的阳光充斥着爱恋的笑脸
奔腾雀跃欢歌着奔向锦绣希望
抒写眷恋铺设心灵的幽深小径
传来关爱颤抖的音响鸣奏的旋律
沉浸其中尽享舒适的感觉萦绕
在悠悠的乐声中进入甜美梦乡
看到了亚当夏娃创造的伊甸园

是谁

是谁

拨动心弦的琴音

是谁

撩开寂寞的黑纱

是谁

清扫暗夜的尘埃

是谁

指引前行的步伐

是谁

挥洒纯贞的情操

是谁

震撼潇潇的春雨

是谁

点燃不灭的火焰

是谁

浇灌幼稚的小苗

是谁

洒下真诚的泪水

是谁

呼唤灵犀的相通

世界因你而美丽

静静地独处一隅

海阔天空地想你漫无边际

时而苦思冥想时而含情微笑

万千世界的柔美尽显双眸中

心中便流淌着涓涓清泉

永不停息地向前奔流着

风儿感触我的欢畅

轻轻拂过脸庞

花儿俯视我的喜悦

缓缓绽放笑靥

铮铮铁骨那是你的阳刚之气

柔肠千结那是你的挚诚之情

斜靠在你的肩膀温暖而舒适

聆听着你的心跳有力而撼动

怀抱着你的纯情　吸吮着你的学识

平铺着你的爱恋　折射着你的灼热

便有了一分亮丽的风景

天空也因你而蔚蓝

便有了一种超然的境界

世界也因你而美丽

写给爱人的诗

世间有两颗心　在静静地守望

彼此的温暖燃烧着对方的眼眸

放射着灼灼的热情相互缠绕

几多思绪幻化成美丽的笑靥

映照你我圆润温湿的脸颊　飞出两道彩虹

两颗心与霞光齐飞　偎依在彩虹之上

让我聆听你呼吸的韵律

曾经孕育的梦里长满锈迹

因你的出现　洗涤污秽　呈现精彩

温馨浪漫走进我的生活

眼睛里充满对美好的憧憬

从此整个世界开始渐渐明朗　清晰

头慢慢昂起来　仰视我所追求的爱情

万马齐喑中一匹强悍天马

花海缤纷涵一枝清水芙蓉

正掀起一场爱情的风暴

爱的深刻隽永雕在心灵的最底层

情的深邃厚重藏在思想的高深处
让你在　我心的沃野种植梦想
而我咀嚼你给予的炽热甜美酣畅淋漓
共同的渴盼成就彼此的灵犀相通
心中的喜悦铺散开来心亦怡然

醉意点燃想象的翅膀
谱写一曲《明眸善睐》
高唱人生的《琴瑟颂曲》
书写文字勾勒心灵　挥笔诗画演绎人生
诠释路途风景的绝美　坦然地接受浴火重生
从此我头顶的彩虹就是你炫耀的资本
而你的笑靥就是对我成绩的认可
心和心的靠拢　眼睛和眼睛的重逢
注定我们今生牵手还前世来生的情债

那一刻，我哭了

那一刻，我哭了
被你的纯朴感动着
脑海满是涓涓流淌的清澈的泉水
映衬双眸的深潭
那一刻，我哭了
感染着你的亲切和关爱
温馨的情怀抚慰我心灵的痛点
让快乐生出嫩芽，喜迎阳光
那一刻，我哭了
吸吮你纯粹的情感里散发的
淡淡的芳香　浓郁的至真
醉倒在你的怀里微笑
倾吐眷恋和不舍
血液沸腾　抒写跳跃和舒坦
宛如小鸟依偎斜靠在你的肩膀
凝聚所有的怜惜和震颤
那一刻，我哭了
灼热的泪水模糊眼前的风景
仿佛美好的瞬间定格为遥远的永恒

红尘中，你我相伴

站在高山之巅

仰视悠悠的白云　　湛蓝的天空

那是你纯洁质朴平淡祥和的写照

映衬我的依恋和缠绵悱恻的细语

为我清扫荒芜的心灵滋生的杂草

打开通往幸福的大门

融入了我的痴情　　你的憨厚

站在高山之巅

你我携手并肩相视而笑

感激命运的缘分　　让你我

在百花盛开　　紫气东来的季节

倾吐心扉　　共诉衷肠

播撒一路的芳香

博得神灵的庇佑

祈祷享有绘制靓丽风景的特权

醉了你我　　暖了心房

相偎相依　　笑靥如花

两道光束重合　　十指相扣

阳光在掌心聚集

遍及每一寸肌肤　将血液浸透

演绎一曲人生爱的绝唱

一人世界别具匠心

独自一人走在踏青的路上
阳光温暖着潮湿的心绪
鸟的鸣唱激起一阵狂喜
满眼的嫩绿欢欣追逐
含蕊的花苞绽放笑容
澄清的双眸盈满憧憬

你在我眼前浮现
想你细腻的柔情
想你伟岸的身姿
想你娴熟的写作
想你豪放的品德
形象日渐高大起来

双目对视的霎那
万千柔情尽在眸间
燃烧的火焰驱赶心中的阴影
穿透碎片与你迎合
收藏我饱满的情怀

游进我生命的最深处

心这样想着 欢呼着
加快脚步去寻求梦中的你
还我一个完整的希冀
也不枉绿意绵绵的馈赠
一人世界也别具匠心
留有一片彩虹仰望蔚蓝
含着微笑掀开新的序曲

明媚的天空为什么骤然阴霾

向往着光明，追求着快乐
你的欢声笑语萦绕在我耳旁
燃起我对生活的渴望
心灵的悸动 颤抖的心寰
点缀在靓丽的风景中
喷涌而出的甜蜜溢满双眸
世界在我的脚下欢呼

曾几何时，阴云密布在你的脸颊
满腹的愧疚流在我的心间
你的一滴泪水是我的伤痛
你泪流满面荒野中的我何处安身
可知我的思念已延伸
可晓得我的心已化作碎片点点
我不要暗无天日的现在
明媚的天空为什么骤然阴霾
何时还我清新澄澈的憧憬

　　生活是个万花筒，各种各样的色彩应有尽有，不以某个人的爱好，或浓妆多淡抹少、亦或雨多风少。不管平坦曲折几多概率，都应该笑对生活，还生活以高质量，不负对美的留恋，寻求远方的诗和如画的风景！

　　回顾过去，那些曾被我浪费的时光里，都写满牵强和无奈。自从接触文字以来，被众多的老师、文友的文笔感染着、充斥着，也在潜移默化中被他们高水平的思维方式和高尚的思想境界所折服！于是，我便在黯淡的角落努力寻求着属于自己的那一丝丝光明。许是上天的眷顾，许是我随缘、宽和的性格缘故，生活也总是对我格外眷顾，每当我遇到难题或者过不去那道沟、那道坎的时候，总有贵人及时出现，伸出援助之手，帮我分析利弊冲突，使我走出窄窄的胡同、找到突围的关口，顿觉神清气爽、豁然开朗，困难也就迎刃而解。

　　自从笔下的文字手舞足蹈起来，心情大好，不管诗歌的语言是恰到好处还是美中不足，都是我当时心情的折射。记录下来，也能一扫心头的忧愁，或者让渴望的心情展翅高飞。我便又给了自己一个快乐的理由！

　　只要心海那束花绽放，岁月时光就会以它的柔情相拥。写出心中所思所想，让情感的喷泉一泻千里，让燃尽的憧憬再次燃烧，怀着敬畏的心情，小心翼翼地去碰触，体悟生活中的上善若水，感知高山流水般的情谊所渗透的那分感动，由此有了不吐不快的感觉。感恩、感慨、感动便跃然纸上。

　　辞藻不甚优美，却体现我真实的心情；立意不够深刻，却是初出茅庐的真实记录。只是无奈水平有限，虽然记录了深深浅浅的印记，却无法把眼前的画面更加惟妙惟肖地呈现出来，这还需要一些时日的磨砺，方才更感动自己、感动他人！一直信奉一句话："你只管善良，其他交给时间！"

　　文字与日俱增，就想着汇集成册，性格使然，也不善于交际，更与出版社鲜有往来，正在抓耳挠腮、干着急的时候，张秀君姐姐雪中送炭，并帮助我完成诗集的初步框架。感谢原衡水市文联主席、孙犁研究学会会长、影视创作协会会长胡业昌老师在百忙中抽出时间为本书题写书名，并且邀请到了石家庄的董培升老师写序，使得本书得以顺利完成，了却我多年的夙愿！在此书的编校、印刷过程中，所有帮助支持我的文朋诗友，在此一并谢过。天分、资质有限，紧跟众多老师的脚步，我亦无所求，惟愿在文学的道路上越走越宽！

张殿珍

2019.1.27